《我们共同走过》丛书 拾

北京大学产业与文化研究所“2019公益课题”

回家路上

求 索 中 默 默 前 行

郭梓林/著

当代中国出版社
Contemporary China Publishing House
2020年·北京

图书在版编目(CIP)数据

回家路上:求索中默默前行 / 郭梓林著 . -- 北京:当代中国出版社,2020.5
(我们共同走过)
ISBN 978-7-5154-1015-9

Ⅰ.①回…　Ⅱ.①郭…　Ⅲ.①随笔–作品集–中国–当代　Ⅳ.①I267.1

中国版本图书馆 CIP 数据核字(2020)第 016898 号

出 版 人　曹宏举
责任编辑　姜楷杰　葛灿红
责任校对　康　莹
印刷监制　刘艳平
装帧设计　姚　洁
出版发行　当代中国出版社
地　　址　北京市地安门西大街旌勇里 8 号
网　　址　http://www.ddzg.net　邮箱:ddzgcbs@sina.com
邮政编码　100009
编 辑 部　(010)66572264　66572154　66572132　66572180
市 场 部　(010)66572281　66572161　66572157　83221785
印　　刷　北京润田金辉印刷有限公司
开　　本　640 毫米×960 毫米　1/16
印　　张　13 印张　1 插页　168 千字
版　　次　2020 年 5 月第 1 版
印　　次　2020 年 5 月第 1 次印刷
定　　价　36.00 元

序 意义

汪丁丁

老友梓林用六十八天时间，写完一部读我的《回家的路》随感集《回家路上》，并邀请我为此书写序。尽管我的那本书是二十年前出版的，但经他这么发散性的创造性误读，却完成了一次跨越二十年的对话，因为这的确是一件有意义的事情，所以我想以“意义”为主题，写下这篇序言。

论到意义的起源，美国哲学家詹姆士大略表述如下：（1）生命对生存情境的感知和认识当中正确的部分，称为“知识”——有根据且证实为真的信念的集合；例如：春华秋实，横平竖直，饱汉不知饿汉饥，时间与空间，等等。（2）给定知识，生命应当怎样行动才好？这一问题定义了“意义”的集合，并且修订“知识”的集合。例如：Java 和 C 语言，唐诗宋词，义务教育，忠孝仁义礼智信，大盘指数，等等。

上述的两大集合，前者也可称为“文明”，后者也可称为“文化”。钱穆认为，文明与文化虽有重合，但前者侧重物质生活而后者侧重精神生活。李泽厚认为，文化是为生活提供意义的部门。不过，在西方思想传统里，“culture”（文化）涵盖全部生活——物质的、社会的、精神的，而“civilization”（文明）泛指人与人之间关系的精致程度——城邦的、律法的、公民的。

根据柏格森的时间观，在被称为“过去”与“未来”之间的这一特定情境里，每一个人都有许多可选择的生命方向，除非生命力衰竭。生命就是由许多这样的时刻构成的过程，柏格森概述为“创化论”，张东荪翻译为“突创论”。

这体现了生命的“自由意志”。在每一时刻，我们的重要性感受在哪些方向上，通常就尽可能选择在那些方向上“突创”（这是张东荪的翻译）。人的生命路径于是沿着我们选择的方向继续展开，一方面，呈现出路径依赖（受着你的过去的影响）；另一方面，每个人当下的选择影响未来的路径。记住，人可能更喜欢从目前的路径跳跃到另一路径，但如果慢慢地反思，就会意识到这是不可能的。我们必须一步一步地从自己目前的路径演化到想要去的路径。这是“社会过程”，人必须对话，倾听其他人的声音。这是我的切身感受，我写了许多文字，但朋友们常提醒我哪些文字更重要，于是我选择更多阐发那些文字包含的思想，于是我的文字对许多朋友有所帮助（这是人生意义的核心）。

一个真心帮助别人的人是真心珍惜自己的人，这是“忠”字的古义。一个只顾自己的人，因为很难通过别人确认自己的重要性感受，客观上浪费了自己的生命。

如前述，在生命的演化中，知识与意义相辅相成。有能力存续至今的物种，已在身体里积淀了足够多可用来指导行动的知识。这些有意义的知识，相当于许多航海图。至少在熟悉的海域，有图可依。如果，我们在这些航海图的指导下，居然迷途而不能返，那就表明我们进入的是陌生海域。又因迷途而引发恐慌，以及对已有知识的可靠性的怀疑与焦虑。类似地，在转型期社会，蕴涵于文化传统的几乎全部知识都显得不再可靠——不再为行动提供正确指导，于是引发普遍的焦虑。那些太久浸淫在传统里的人，很可能因为无法适应转型期而陷入精神崩溃，抑郁或自杀。日本和韩国在转型最迅速的时期，都有突然增加的自杀率。

生命不再有意义，于是自杀。在这一特定时刻，生命在任何方向上都注定要被“替代”。生命是，而且只能是，通过互补性获得生命力的过程。生命对与自己互补的方向有直觉或“重要性感受”，也可说是有“演化积淀的敏感性”。当生命个体与它所在的群体构成足够强烈的互补性时，通常说这是“集体主义”性质，典型如“植物”。

人类是社会性哺乳动物，每一个人既有个性又有群性。我们每一个人浸淫其中的文化传统，与个人知识构成了足够强烈的互补性。并且，个人的行动，不论是正确的还是不正确的，都成为社群实践的一部分。

对个人而言，以往正确的地图在陌生领域突然变成不正确的，是很痛苦的体验。也许为适应陌生领域，人必须戒除在脑神经回路里早已根深蒂固的那些被称为“习惯”的情感方式与思维方式，所谓“脱胎换骨”，所谓“凤凰涅槃”，或所谓“地狱复生”。

据我观察，包括我自己的体验，这是目前大多数中国人的困境，我称为“意义的消失”。只不过，他们当中的大多数，直到临终，甚至也从未意识到这一困境。

数月前，我写信给一位老朋友，希望宽慰他。我认为在这里引用这段文字很合适：“我原本想象着，这是你的‘新生日’，因为这是你以往两年来经历的‘重大转折’。我自己的新生日，大约是1996年，那时，我在香港大学的永久教职申请未获通过。那次转折，让我从香港大学完全转移到北京大学，生活方式也必须随着收入的急剧降低而急剧改变。我的幸运，就我的全部人生而言，在于我的‘小李’始终照料并鼓励我前行。环顾周围的朋友，我自认这是我的最大幸运。

“但是我与你一样，前不久刚刚经历了第二次重大转折，那就是去年的正式退休，我只在退休之后的一年里，才逐渐意识到我似乎不再被社会需要。这是一个非常功利化的社会，人们的视野非常短浅，所以，我必须习惯淡出社会舞台的生活。

“今天生活在地球上的人类，都是十万年前走出非洲的同一群人的后代，这些人获得的最早文明是苏美尔文明。虽然，中国境内的三星堆文明和良渚文明或许与苏美尔文明同样早，但我们对它们所知太少以致只好承认我们也分享了苏美尔基因。苏美尔的传说，所谓‘吉尔伽美什’史诗，是人类最早的传说。这一史诗的主题已经预言了后来六千多年来世界各地人类无法回避的生命主题。简短而言，吉尔伽美什是史诗的主人公，他是苏美尔最古老的城邦的一位自身完美却并不尽责的国王，他因玩伴突然病逝而意识到他也可能会死，于是开始寻求不死的方法。在经历了大约三类具有普遍意义的尝试之后，他最终意识到这一基本事实——人不可能永远活着。沮丧之余，遥望着被他遗弃多年的那座城市，他恍然懂得：人之所以必须生活，是因为他需要帮助他人，而且他人也需要他的帮助。

“其实，任何一个人都可以在五分钟之内找到自己生活的意义，他只要问自己下列五个问题：(1)你是谁？(2)你能做什么？(3)为谁而做？(4)他们是否需要你？(5)他们是否因你做的而改变了？……我亲爱的老友，我正是问自己上述五个问题，于是恍然懂得了退休之后我的新生活的意义。我希望你也这样扪心自问，并且我相信你也可以找到这次转折之后你的新生活的意义。”

六千年的古老传说，与我自己最近二十年的人生感悟一脉相承，也与梓林创办的北京大学公益讲座的第二条理念是一致的：“甘愿付出，享受付出，帮助他人其实是成就自己。”

诚如梓林这本文集的标题概括：人，永远走在回家的路上。亲爱的读者，请你一边阅读梓林的这本书，也一边静静地问自己上列五个问题吧。

目录

引子

1998 年，中国社会科学出版社为汪丁丁出版了其在夏威夷写的随笔集《回家的路》。

2000 年，我在北京三联书店认识了汪丁丁，读到了这本书。最近，我不经意间从书架上又一次取出这本被我划了无数线条，写了不少眉批的《回家的路》，封面和内文的纸已经发黄。

从 2000 年开始，我在北京大学旁听汪丁丁的课，断断续续前后有三年之久，后来他的研究深入到脑神经学，我就跟不上了。

自听课和读他的多部随笔集之后，我的思考与写作开始严重受其影响，并延续了相当长一段时间，以至有朋友调侃说："中国只需要一个汪丁丁，你就别'中毒'太深了。"

现在重新翻阅《回家的路》，发现书中的文字，仍然可以引发我的"胡思乱想"，于是，决定尝试以这本书作为写作模板和线索，将这几年创办北京大学公益讲座的心路历程，作一个散点式的小结。但愿"形散而神不散"，能让更多想了解这件事的人，用最短的时间决定是否继续了解下去。

如何才算活过了

谁敢对自己说“我活过了”？拥有多少经历才算“活过了”？

时间是最大的约束。最关键的是：对于每个生命来说，时间绝对有限，而且是存不住的。

与此相似的问题是：对于企业家来说，相对于要做的事，钱总是有限，而且不投资就是贬值。

不敢想象，2011 年，若没有创办北京大学公益讲座，今天的我，还可以做什么。但有一点是很明确的：如果现在才想起来做点什么，已经为时晚矣——这实在是我的幸运。

思考“回家的路”，确实是从汪丁丁的书开始的。汪丁丁把这条路从文学引向了哲学：“我们其实没有‘家’；即便在家里，我们仍然渴望回家，因为人已经永远地被从家园放逐了。对于这种永远放逐的感受，便是‘哲学’。”（《回家的路》第 1 页）

2012 年 5 月，我们在深圳开课时，志愿者一行参观了弘法寺，并拜访了印顺法师，又有过一段关于“回家”的深谈。后来，我写了一篇散文诗，也取名为《回家的路》，也想回答“回家的路在哪里”。我的答案是：“心在哪里，回家的路就在哪里。”

回家的路（配乐散文诗）

为什么会有夜晚？夜晚是为了让人打开天眼和慧眼，把目光转向内心，问问自己：从哪里来？要到哪里去？

很久很久以来，我一直在寻找一个家，一个原本就属于自己的家。那里，有真正的自由自在；那里，有绝妙的清静清凉。

曾经，妈妈就是我的家。妈妈温暖的怀里，有甘甜的乳汁，有温馨的抚慰，有生命需要的一切的一切！

后来，小小的餐桌，就是我的家。坐在那张餐桌上，吟唱动人的童谣，聆听美丽的传说，幻想遥远的天堂。

再后来，那扇大门里边，就是我的家。虽然有些拥挤，却完全可以遮风避雨，家人相互关爱，共同创造梦想的未来。

再后来，我又有了一个新家。新生命从此诞生。他也是来找家的，眼神好纯真，好感人！我知道，我有责任帮助他，从这个家到未来的家，一直到，最后的家。

今天，当我走过了漫漫的人生路，开始渐渐明白：其实，那个原本的家，就在我的心里。如果，心都是空的，那就什么也没有了！

家，是一颗赤子的心；心，是每个生命最后的家。

我们终究要离开妈妈的怀抱，而且一切都会过去！最后的家，只是在心里，在每一个生命自己的心里！

回家的路，在哪里呢？究竟在哪里？

心在哪里，回家的路，就在哪里。

一朵浪花，随波逐流

回家的路，是一条心路，心在哪里，路就在哪里。

尽管回家是归宿，但是，在回家的路上，我们还是应该珍惜过程中的每一个发生，也就是佛家说的活在当下，这或许就是“没有意义的人生”的意义。

在回家的路上，看到了什么，想到了什么，看到和想到的，是否有意愿与外部世界做某种交流，从而证实自己的某些判断，或是通过交流找到最近的同路人？

而这一切，就是汪丁丁所说的“精神长河里漂流的一片浪花”“生命里的一个瞬间，一张照片，一页日记”。把它记录下来，并且知道后面还会有许多，因此，绝不会因为这一个微小的瞬间不为人知而产生烦恼。

关于这问题，北京大学公益讲座有两个回应：

一是，“庞愿满腔，知难为，何必说憔悴”。我们知道，并不是每一个人都能从“一滴水看到太阳的光辉”，所以不理解是正常的。

二是，这件事需要时间才能彰显和证明我们的初心，以及能够恪守初心。这是一个自证的过程，与别人无关。诚如汪丁丁说的：人格是一种表演。与一般的表演不同的是，人格的表演是给自己看的。

北京大学公益讲座所倡导的“三文主义”——文以载道、美文传道、以文修身——尤其是“以文修身”所提倡的修行方式，即是通过创造一朵朵浪花，让自己的生命得到不断成长和升华，让自己的思想因此而更加丰富，更加丰满，让自己的觉察更加细腻，让自己对生命的理解愈发深厚内敛。

汪丁丁认为，那些奉持“一本书主义”信仰的人，他们能够兢兢业业、毕生劳作，集精华于一部专著，的确非常令人尊重。但是，在这个社会里，如此做学问所要担负的种种烦恼，却不是一般人可以承担得了的。

从这个意义上说，北京大学公益讲座是很清醒的，是量力而行的。我们并不想构建一个庞大的课程体系，仅仅只是想创造一个能够让人静下来反观自己内心的环境和氛围，让每一位听众都能根据自己的人生经历和阅历，与我们产生思想上的互动，并用自己生命内在的能量，激发对生命和生活的热爱，从而在这种宽松的氛围中，最终找到真实的自己，仅此而已。

我们从来不敢奢望把这个讲座做成一个固化的理论体系，也不会试图引导受众进入某种固定的思维模式。课程的分享是完全开放的，进出是完全自由的，所谓“来者不拒，往者不追”“无组织无纪律无收入”，体现的正是这样一种内敛式的自信和从容。因为，河流中的每一朵浪花的缘起缘灭，都是在自由状态下发生的，并随波逐流，永远向前。

为2040年而开启

2000年，北京三联书店出版我的第一本专著《企业游戏——近距离文化观察》。

2011年，我的第三十册书《落地无声——故事中的经济学》出版，在封底有这样一句话："这是作者最后一本关于经济学和企业管理方面的著作。从此，我把为职场写作，调整为与自己对话。"

汪丁丁在《回家的路》序言中写道："我以前的文集已经献给了我深爱着的，比我年长和与我同龄的人们。现在把这本书献给比我年轻的人们，献给那些生活在未来时代，目前活得并不幸福，甚至非常苦恼的人们，献给那些渴望回家的人们。"（《回家的路》第2页）

北京大学公益讲座在创办之初，就明确提出：我们最愿意给那些在2040年时，年龄处于四十岁至五十岁之间的人们开课，因为那一年，是鸦片战争两百周年。历史给了中华民族两百年的转型发展时间，那个时候的中坚力量正是四十岁至五十岁的人们。

尽管近八年来，我们也给公务员、企业职员、老干所离休干部、警察、服刑人员和戒毒所学员传播"光明圆融善"的理念，但我们还是对孩子们更情有独钟，因为他们才真正是活在未来时代的一群人。

尽管说和写是一件很私己的事情，但对象的不同，自然决定了不同的写作内容和表达方式。汪丁丁说："对于思考者而言，他所说的必须是思考同样问题的人才能明白；对于言说者而言，他所说的必须是针对不同的角度才有必要。"

这些年来，北京大学公益讲座既不靠行政推广，也不用市场营销，能够生存下来，并被越来越多的人认可，一是因为我们找到了思考同样问题的人；二是因为我们在不同职业、不同社会地位、不同年龄、不同学历和不同阅历的人们的不同角度之间，找到了最大公约数，可以让每一位受众随心所欲，各取所需。这不仅仅是因为我们坚持尽善尽美尽心地备课，更在于我们试图打开每一个人内心深处都希望打开的那扇窗户。当然，最重要的是，我们放下自以为是，只是解剖自己，给予听众的都是自己人生经历的实证。

任何物质的家园，无论有多么豪华，都不可能装得下我们的心。在回家的路上，其实最终我们都会从外求走回内求。因为精神的家园，才是我们追寻的最终梦想，无论她离我们多么遥远，只要矢志向前，每走一步，都会更近一点儿。

想起西方的一句名言：人类最终的精神归宿，一是宗教，二是艺术。东方则说得更简单：净土。

独立自由与归属感

潘美辰唱的《我想有个家》，不知道赚了多少人的眼泪："我想有个家 / 一个不需要华丽的地方 / 在我疲倦的时候 / 我会想到它 / 我想有个家 / 一个不需要多大的地方 / 在我受惊吓的时候 / 我才不会害怕……"

看来，人到了疲倦或受到惊吓的时候，就会想要个家，那些不爱回家的人，或许是因为自己的家有缺陷，完全不能舒缓他们的疲倦与遭受到的惊吓，所以他们才宁可待在迪厅和酒吧里，也绝不回家。当然，日本人除外，他们下班不回家，是另有隐情：怕妻子嗔怪其不上进。

当然，还有一类人，他们是永远的漂泊一族，也被称为"思想者"，或者叫"思想的流放者"。对于他们来说，拥有一个一住就是几十年的家，简直是一件不可想象、无法忍受的事情。

汪丁丁说，他们最担心的是："倘若沉浸在如家般的舒适温暖里，怕是永远也不会去思想。"之所以要这样说，或许是受洛克的影响：完满的幸福，会消除人们的任何欲望，使任何欲望在这样的幸福中，显得多余。

如果连思想的欲望都没有了，那么，接下来还怎么活呢?

我们有一位志愿者，家庭生活条件很好，不到二十岁时，偶然间通过数学的集合论，证明了"人生没有意义"，然后，就选择自杀。由于经验不足，两次都没有成功。

又是一个偶然的机会，他来听我们的课，当他听到我从生物学的角度证明“人生其实没有意义”时，笑得满脸灿烂。我接着说：“因为人生没有意义，所以，我们要去寻找意义。否则，老天爷留给我们的功课，就真的失去了意义。”我看到他的脸立刻僵硬了，然后，做出了豁然开朗的表情。在他上台分享的时候，我才从他的领导嘴里了解到他此前的经历。这扇门打开之后，他随我们去了泰山，参加了五天四晚的“幸福之旅”，又去了丫山国际志愿者村，经历了四天三晚的“慧命之旅”。

在丫山告别时，这位志愿者告诉我：“活着至少是对父母承担一份不应推卸的责任。当然，接下来应该让自己活得越来越好。”我相信，他已经开始走在“回家路上”了。

施宾格勒在《西方的没落》中写道：“‘家’这个词仅当人从野蛮进入开化时，获得了重要意义，然而，它马上就随着人的文明化，而失去了这一意义。”

我想，正是因为在经济上越来越独立和交往空间的扩大，人们对精神世界的追求逐渐开始高于对物质的追求，而血缘为此提供的营养成分和比例，自然会相应减少。于是，每一个生命个体随之被放逐到更大的空间，却也由此越来越感到莫名的孤独。人从野蛮进入开化后从“家”获得的集体安全感和归属感，渐渐开始淡化，至少不是唯一和最重要的来源。

家和才能万事兴

近八年来，北京大学公益讲座吸引了许多家庭与我们一起共修。

为什么要重视家庭共修？因为我们知道：人们各自通过学习获得不同知识后的最大风险，是家庭成员之间形成的精神上的距离。而我们的宗旨是：让每一个接受过我们服务的生命，光明圆融善。通过这样的修行，能使更多人在“修身”的基础上，再向前迈出一步，达到“齐家”。现实生活中，所谓“家和万事兴”“家庭是社会的细胞”的提法，从微观和宏观上凸显了家庭和睦的意义。

改革开放以来，中国给自己，也给世界带来了巨大的变化，尤其在中国社会生活的诸多方面，甚至造成了颠覆性的改变。比方说，允许人口的自由流动（包括世界性流动），就极大地冲击了传统的家庭观念。尽管并不是每个人都在流动，然而，即便是不流动的那一部分人群，也会在感受到了流动人群在外面世界的见闻和成就之后，被搅得“心神不宁”。

网络上流传很广的一个段子，反映了现代人对家的纠结：男人对妻子说：“我抱着砖，就没办法抱你；我放下砖，就没办法养你。”在同一个城市“抱砖”，至少还可以朝夕相处，如果是一人独自在千百公里之外的异乡“抱砖”，该是一种怎样的纠结？作为一个男人，活在这个世界上，带着这样一种纠结踽踽前行，他对家的含义和意义的理解会是什么样呢？

1993 年，纽约大学出版社出版了一本名为《家：世界的某个地方》（*Home: A Place in the World*）的书，扉页上这样写着："家的观念——这观念对我们有着深深的感召力，其含义却从未得到全面的理解……"

学者所探寻的问题，无论怎么接地气，对于活在当下的人们来说，都会显得高深莫测。我知道，汪丁丁是读过这本书的，而且是外文版（他曾经用一年的时间，在夏威夷读完了一家书店全部的书。他的妻子小李每天早上开车把他送到书店，并备好午餐，然后去打一份工，晚上再来接他回家）。我没读过这本书，也不知道有没有中文版。或许那些在"抱砖"和"抱自己的女人"之间纠结的人们，也极少人有充裕时间和精力去读这样的书。普罗大众对家的感知或许是粗疏的、迷离的，缺少学者鸡尾酒式的层次感和美感，但却是朴素坚实的。

于是，北京大学公益讲座各地的慧至堂，渐渐成了志愿者的精神家园。比方说，济南慧至堂，他们每个星期至少举办一次分享会，一直坚持两年多时间。最令我感动的是他们的那份坚持："你来与不来，我们都在这里等你。"

冯仑对"坚持"做了很有意思的解释，他说："什么变成随身携带的需要，这个事儿就不用坚持了，就如喝水、吃饭、睡觉无需坚持一样。"

分享会之于济南的志愿者，已经成了一种"随身携带的需要"。究其原因，就在于他们共同创造了属于自己的精神家园。在这个家园里，他们带来各自对家的期许，一起分享生活的智慧，探寻生命的品质，而且是夫妻双双，亲子互动，大家彼此以学长相称（共同学习、共同成长，简称"学长"），何其融洽，尽享快乐。从这个意义上说，慧至堂已经成为济南志愿者涵养各自家庭的精神家园。

人际关系的现代性

有人曾经调侃：谁说中国人没有信仰？回家过春节，就是中国人的信仰。几亿人在同一时间赶着回家过春节：无论有多远，无论有钱没钱，无论票有多难买，都要回家过年。这正应和了西方哲学家诺瓦利斯（Novalis）的观点："哲学本质上是思乡症——普遍的要回家的冲动。"

家谱、家训、家书，构建了中国人的家风，这些都是中国人关于"家"的认识的重要文献。也有人把中国人的宗祠文化定义为中国人的信仰，然而，这一切都似乎成了过往的历史，而且这方面的研究，我们其实远远落后于韩国。

2016 年 9 月 7 日，我应邀去韩国安东大学，参加"中韩宗家文化和现代生活"论坛，并作了《宗家文化与现代生活》的主题演讲（《恪守初心》第 126 页），就宗祠文化的现代困境，提出了我的观点，在论坛上产生了共鸣。

早在 1990 年，面对现代社会生活对"家"的种种影响，西方学者曾经组织了跨越学科的综合性探讨，其成果之一就是那本《家：世界的某个地方》。参加讨论的学者来自哲学、语言学、心理学、文学、美学、建筑学、社会学、法学、经济学，以及社会工作与行政管理等诸多领域，其内容分为五个部分：（1）家庭观念；（2）流放；（3）无家可归的历史；（4）流放、异化、陌生意识；（5）家、私人与家庭生活的核心。

之所以要罗列汪丁丁在《回家的路》一文中所描述的这些内容，

是想说：二十八年之后，在现代化问题如此严重的中国社会，这样的讨论似乎还遥遥无期，关注这样的问题，仍然过于奢侈。最近，我们的社会关注和讨论的问题，似乎又回到几十年前讨论过的关于“权力不能私有，财产不可公有”的常识，或者是各类关于明星的婚姻八卦和惊人收入及税收问题，前者倒退得令人惊愕，后者“进步”得让人茫然。

实行了几十年的计划生育，或许是改变中国人现代家庭生活观念的又一个举足轻重的原因。独生子女家庭，如何延续传统家庭观念，既给予孩子自由，又维系起码的亲情关系，这是一个不容回避的问题。独生子女的唯一性，既意味着下一代要独立完成尽孝责任，同时也意味着上一代在遇到与孩子的矛盾冲突时，无可选择、没有回旋余地的无奈。

这个时代拥有存量如此庞大的独生子女家庭，真可谓古今中外，绝无仅有。几百万失独家庭面临的问题，暂且不表。即使完整的三口之家，所面临的代际沟通和孝道的传承，事实上也是很多人的难言之隐。

近八年来，北京大学公益讲座遇到了两种情况：

一是有些父母听过课之后，由衷地希望自己的孩子也能进入这样的课程，然而，苦于根本没有能力让孩子来到课堂。

二是有些做子女的，听过课程之后，自己受益匪浅，继而，以旅游为“幌子”，带着父母走进了课堂，父母就在这样的环境中，渐渐发现了自己身上的不足，自愿做出调整，从而改进了全家的关系。

北京大学公益讲座有一个分享主题，叫“亲密与亲子”。这是分享频率最高的一个主题。家庭关系和睦，既是志愿者们相互间的共同期许，也是我们致力于使这个课程得以传播的重要途径。

体验是展开的知识

汪丁丁是一位思想者，也是一个善于把思想表达出来的人。他可以每天写三千至五千字的约稿，并且持续一个月。因为读的书太多，加上博闻强记，他写起时评文章来，总是旁征博引，让人目不暇接、叹为观止。而且透过叙述与剖析，他总能让大家了解到，其实所谓的“新”问题，早就有各种不同的观点，哪个是真理，读者自己去判断吧。

2000 年 4 月 20 日，在我第一次见到汪丁丁的小型研讨会上，当发言人提到某个数据时，只见他拿出一张小纸片，记了下来，然后，看着发言人说：“我从来不做笔记，因为我记性好。”言下之意——这个数据我有疑问，我会去查对的。那年，他四十七岁。这颗奇异的大脑，给我留下了深刻的印象。

汪丁丁曾经对我说：“其实我们想说的话，别人都说过了。如果你以为是你的发明，那是因为你读书太少，没有发现别人早就说过，甚至比你说得更加透彻。”

所以，也有人在读过他的一系列文章之后，认为他太会“掉书袋”了。可我却认为，他是一个可以把桑叶变成丝的人。他的随笔在引经据典的同时，由于考虑到行文的方便，不可避免地给读者留下了无数思维的空白，但只要我们认真读进去，他的文章其实是一份列出若干填空题的试卷。当认真把这份试卷做完之后，就会发现：作者的刻意留白，事实上帮助我们获得了全新的知识。

但，这也是听汪丁丁的课，让有些人感觉云里雾里的一个重要原因，因为他要表达的信息量太大，而他所展示的只是一张知识的简约地图，虽已标出了城市，以及城市与城市之间的道路，但并不表明空白之处没有乡镇和乡村。这些空白之处，倘若听众和读者能够填入自己的经历、阅历和已有的知识，就能形成具有更多层次的知识结构。

北京大学公益讲座的课程设计，其实深受汪丁丁叙述方法的影响，我们采用声光电、诗歌、散文、音乐、电影、视频等手段，在有限的时间内，所展示的关于生命的思考，只能是随笔式的“形散而神不散”，这样的课程，自然不会遵循教科书的叙述规范：概论、导语、第一章……，各个要点之间的联系和过渡，有时难免略显突兀。我们只是希望，在跨越一座座理念的山峰时，听众能了解其内在必有的关联，至于在山与山之间要修筑一条怎样的路，是架桥还是建索道，都交给听众自己去完成。因为，唯有如此，这堂关于生命的课程，才会具有无限的张力，才能确保听众再次聆听时，还能获得新的感受，产生不同的收获。

2017 年 6 月 13 日，我们原创的诗歌音乐舞剧《慧命之歌》在江西省话剧团公演，演员全部是来自丫山国际志愿者村的村民，这些厨娘、保安、电工、导游、司机，首次在南昌省一级的话剧舞台亮相……那次，我特意邀请了中央电视台音乐频道的制片人出席，希望他能进行再创作，使这台诗歌音乐舞剧具有商业价值。回到北京之后，他告诉我：七十分钟的节目，没有起伏跌宕的故事情节，但每个环节都很精彩，只是用“睛”太多，太奢侈！

我知道，他说的是“画龙点睛”的典故。龙的全身都是“睛”，那还是龙吗？看来，还得继续等待懂我们的人。

家庭提供信赖

国庆节期间，与九岁多的儿子在江西鹰潭度假时，让他看我最近发在微信朋友圈的这组关于回家的文章，他居然在看完之后，每篇都给了赞。我问他，看懂了没有？他说懂了。一位亲戚在旁发问："你的家在哪里？"他说："在我心里。"亲戚又问："那北京的那个家，不是你的？"儿子吐了吐舌头，摇着脑袋，无语。

在没有旁人时，我问儿子："我在文章里写的'家'，与刚才那位亲戚说的'家'，是一回事吗？"儿子回答："不是一回事儿，我们说的是精神方面的家。"看来，他还真是读懂了一些。于是，我继续告诉他："将来有人与你讨论问题，如果你发现尽管看上去是一样的文字，但讨论的并不是同一个话题时，你要学会闭嘴。要记住：'懂你的人，不用解释；不懂你的人，解释也没用。'"

汪丁丁在《回家的路》一文中介绍说：至少在西方的观念里，"家"是空间的一种特殊形式，与"household"（居所）重合，但"家"的时间结构是家的本质特征。在家庭中老幼尊卑是不变的，每一个事件的时间模式是固定不变的，每一个家庭成员在事件中的角色也是固定不变的，于是，每一个家庭成员对其他成员的行为预期也得到了稳定。唯其如此，"家"才是最可以信赖的地方，也才是外人最难以加入的地方。

家庭成员之间形成信赖关系，是家最终的成果。一切家庭悲剧的背后，都是这种信赖关系的瓦解造成的恐惧和痛苦。

最近，在一次主题为"组织的要素"分享会上，北京慧至堂迎来了一对七十四岁的老夫妻。他们自从参加了 2018 年 8 月份在泰山举办的一、二、三阶（二十一期）课程之后，关系开始变得越来越融洽。吵了一辈子的架，现在终于认识到，其实，活到今天，谁也离不开谁了。

"家"对于他们来说，不仅空间是固定的，而且每一天生活的起居饮食，也已经形成自然而然的习惯。尽管几十年来，沉默寡言的一方，埋怨对方唠唠叨叨；唠唠叨叨的一方埋怨对方沉默寡言，但这一切已经形成了稳定的预期，不论其是非对错，都构成了这个"家"的特质，决定了这个家是唯一可信赖的地方。

更让我感动的是，每个周六九点半至十二点的分享会，他们从昌平到望京诚盈中心的北京慧至堂，需要早上四点半起床，乘坐公交车赶来。何苦这样执着呢？看来，精神的家园对于每个人，尤其对于老年人来说，同样是一种生活的需要，是"可信赖的地方"。

诚如汪丁丁所说："我们需要家，首先因为家是我们人生的小船在波涛汹涌的大海里航行的最后避风港，这里大多数事情，是可以预期的，于是带来安全感。"

话语在家庭的意义

家，是提供存在感和话语权的地方。而在回家的幸福感中，独一无二的存在感和当然的话语权，是其中最重要的部分。

所以，北京大学公益讲座各地慧至堂的分享会，真实的用意在于：为志愿者提供一个实现存在感和提供话语权的场景。这对于活在当下的人们来说，的确是一件重要的事情。现实生活中，通过没完没了的饭局来实现这种诉求的人，不为少数。然而，饭局上人们谈论的话题难以触及灵魂，也很难涉及诗与远方，酒席也不是静心分享生活的智慧和生命品质的场合。

中国人在进入现代社会之后，面临三大现实：（1）计划经济向市场经济转型；（2）物质财富井喷式增长；（3）价值多元化的社会嬗变。每个人的生活经历都跌宕起伏，而且彼此之间千差万别，这便造成了原有人际关系的疏离，加之自由空间的扩大，每个人随时都面临无数的机遇和选择，而且必须独立做出选择……这一切变化的后果是：我们很难去理解其他人。“士别三日，当刮目相看”，是真的；所谓“三年就能产生代沟”，也是真的。“没有谁能够理解其他人，没有谁可以指望他人的理解”（《回家的路》第 7 页），是一种事实存在，不管你承认，还是不承认；接受，还是不接受。

面对波涛汹涌且无法预知未来将会发生什么的生活，我们每个人首先需要的是了解自己，然而要了解自己，我们需要一面“镜子”，通过这面“镜子”，反映出我们真实自我的精神。这绝非顾影自怜，而是自我意识需要通过外在的反馈，方能清晰地呈现。

正如汪丁丁所说："如同艺术家在雕塑中感受到的成就感，或政治家从大众的景仰中感受到的成就感，或诗人将自己的意念用语言朗读出来时的成就感。"（《回家的路》第 7 页）汪丁丁进而得出这样的结论：这种实现成就感的冲动，是人的创造精神的源泉。这个结论，是可以从生活中找到无数案例支持的，这也是北京大学公益讲座试图通过创建这样一个平台，让更多的人从生命走向慧命的哲学基础。

接下来的这段话，有一点儿绕，但的确是汪丁丁的叙述风格："精神必须首先将自己置于自己的意识面前加以审视，才称得上'精神'。这审视便造就了差异——意识与作为意识的审视对象的意识之间的差异（黑格尔《精神现象学》、海德格尔《同一与差异》）。由这种差异生出万千变化，生出大千世界，生出'创化'的人生。在诸种可供我们意识自我实现的社会环境中，'家'是最直接、最方便和最切近自我的社会环境。"（《回家的路》第 7 页）

当我们把北京大学公益讲座定义为"志愿者之家"时，其实就隐含了这样一个界定：（1）这里可以通过美文传道和以文修身，帮助每个人找到自我成就感；（2）在分享中，通过外在的反馈，以及从别人的分享的"镜子"里，看到自己的影子，完成对自我的了解；（3）因为北京大学公益讲座是一个"放下名利放下自以为是""无组织无纪律无收入"的松散集合体，没有权力和利益之争，所以是最直接、最方便和最切近我们生命成长的社会环境。

家，不只是房子

《回家的路》一书的第二篇文章是汪丁丁在1998年写下的一篇三四千字的随笔《无题或“房子”》，这篇文章从经济学的角度讨论了房子的价格问题。

此文通篇如同美国好莱坞大片的创作模式，作者用将近三分之一的篇幅写了与主题似乎无关的内容。从不着边际的窗棂上的风铃说起，然后是带着雨丝的清甜晨风，平静如蓝色玛瑙的泳池，凝固在池水中的棕榈，懒散的水波拍打着白沙滩，晨曦把月亮印染在蓝色的天幕上……这是他依在客厅躺椅上的所见。而这美得令人心醉的夏威夷场景，毕竟是在异国他乡。

尽管在北大校园里，汪丁丁的粉丝们无比羡慕他在世界上到处漂流的生活方式，但只有他心里最了解，自己为这种生活方式所付出的代价。漂流的代价，就是没有家。即使租用当地最豪华的房子，也不是家，自己不过是个匆匆过客。（其实，把时间放长一些，难道故宫不也是接待号称皇帝及其眷属之类匆匆过客的地方吗？）

居住在不是家的房子里，付出的代价不仅仅是房租，而且还有不经意间冒出一丝丝凉意的漂泊感。所以，这篇文章的结尾是这样写的：“我关于房子的议论就到此为止，让我愁绪满怀的其实是‘家’，而不是房子。”

深圳010志愿者唐岚，也曾在异国他乡漂泊，2000年终于停下脚步，在鹏城驻足定居，买了一套房子，有了一份满意的工作；2012年2月，她首次接触北京大学公益讲座，成为一名近乎全职的志愿者；

2016 年 8 月，在深圳房地产价格冲上历史高点时，她毅然卖掉了深圳的房子，将卖房款的 80% 用于理财，实现了财务自由；不久后，她进而辞去工作，实现了时间自由，同时用剩下的卖房款在丫山国际志愿者村建一栋自己的别墅——岚苑。这样一个选择，让无数人惊讶和羡慕。

“家”是什么？不仅要有房子，而且重要的是房子的周边要有可以交往的人。把家安在丫山国际志愿者村，其实并不是考虑什么“级差地租”和“地段卖点”，考虑的只是可以与满山遍野的蓝色志愿者在一起。唐岚还有一个想法：未来的岚苑，就是一座北京大学公益讲座博物馆，因为世界上所有的房子都是其主人“生不带来，死不带走”的暂居处。

为唐岚的决定所感动，我为她写下了一首配乐［比尔·道格拉斯（Bill Douglas）的《森林赞歌》］散文诗《岚苑晨曲》。附录如下：

此刻，我在丫山的怀抱里，凭栏远眺，群山婀娜，万里无云，天地相融。

何曾想过，奔波于城市的车水马龙之后，我会驻足山间，尽情享受这般寂静与安宁。让自己真正拥有自己。

眼前这片竹海，碧波荡漾，每一个生命都在摇曳自由，仿佛在告诉我，是风给了它们舞动的力量，而我心中的风，又来自哪里呢？

仁者爱山，智者爱水。在这片山水之间，是拓荒者的精神，曾经感动了一群蓝色的梦想者，而我正是随那梦想，让自己的心，在此安驻。

在大自然面前，人是多么渺小，左边这棵苍松告诉我，它已经活过三百年，右边这块巨石告诉我，它已经在此守候了三千万年。

我不知道，一百年之后，我会在哪里，但我相信，一定有人会来到这里，回顾一百多年前，有一群蓝精灵，带着梦想走进了这座大山。

我知道，他们会穿越时空，来了解这群蓝色志愿者的情怀，他们会发现：正是这片天地、这方山水，孕育了无数因善良而美丽的生命。

我们来到这个世界，会面临无数的选择，而每一次选择，都会有一个相应的结果。人生没有如果，只有结果和后果，重要的是选择的智慧。

慧至何处，归于尘土。生命，是一次传承。一个生命终将成为其他生命成长的土壤，这是大自然最美妙的安排，彰显了我们来此一次的意义。

此刻，我在丫山的怀抱里，吸收天地之灵气。感恩上苍，让我能够在这里，将诗融入生命，带着光明圆融善，一直走向慧命的远方……

静，才能听到真实

“夜，凝重的云块从小山后面移了过来，渐渐遮住了启明星耀眼的蓝光。然而，月亮仍把云的侧面和顶端辉映得如同一扇通往天堂的门。深邃的宇宙和星星点点便从这走廊的尽头显现给坐在窗前的我。”（《回家的路》第 15 页）

只有能“静”下来的思想者，才能看到这样的一个世界，才能写出这样的一种心境。然而，在这一个高歌猛进、空前疯狂、无比喧嚣的世界，静，是一件多么困难的事情啊。

2012 年 5 月 9 日，北京大学公益讲座应邀到中国社会科学院研究生院开讲，课程正式开讲之前，有一个三分钟的关灯静心环节，当音乐播放到两分多钟时，前排座位上有一位中年男子突然站了起来，大声喝道：“搞什么搞，黑乎乎的，还不开始?!”然后，愤然甩手离去。

汪丁丁曾说：“人生总有一些特殊的时刻，让我们能窥见‘永恒’，引发我们心灵的关注。”因此，我们才在第一阶课程“从生命到慧命”进入正式授课之前，安排了一段全场关灯的三分钟静心配乐朗诵：

轻轻地，轻轻地，闭上你的眼睛，用耳朵细细地品味这首美妙的音乐。

慢慢地，慢慢地，让自己安静下来，像孩子一样，静静地依偎在妈妈的怀抱里，完全地放松，自由地呼吸……

人的一生，会听到各种各样的声音，但只有安静的时候，才能听到自己。

此刻，你能感受到自己的呼吸吗？你能察觉到自己的心跳吗？

让我们抛开一切杂念，让我们回归自己，将心带回到此刻，跟随北京大学公益讲座，开始一段美好的生命旅程……

也是在这样一段关灯静心的配乐朗诵环节，我们常常会听到有人在抽泣；开灯之后，会看到更多听众眼圈红晕、泪眼婆娑。记忆最深的一场是在2013年11月底，我们去广东女子监狱（据说这里关押着六千多位服刑人员，包括外籍服刑女性）开讲，仅仅是开场的这个环节，就有百分之六七十的听众低头垂泪。

这是“静”创造的现场效果。多少次亲身体验、目睹这样的场景之后，再来体会汪丁丁所阐述的企业家与“静”的关系，顿时觉得非常中肯：“那些经常坐下来思考的企业家，创造了这个熙熙攘攘的大市场。如果他们永远安静不下来，那么，就注定一辈子是一位推销员，而不是‘企业家’，哪怕已经挂起了企业家的牌子。”

东方人很少说思想家，而是用智者这个词，“仁者乐山，智者乐水”，水，就是“静”的代称。东方智者所倡导的“静”，是以通天下所感的“静”。深受东方智慧感染的叔本华也认为：“我们的思想应当如同瑞士的湖泊那样宁静，从而将清晰与深邃结合在一起。”对于叔本华的洞见，汪丁丁作了如下的延伸：“深邃，因为心灵穿越那清晰的湖水而洞见了幽暗的湖底；清晰，因为湖水的宁静。”

北京大学公益讲座的缘起，并不是一时的冲动，也不是为了追求喧闹与轰动，更不是想博得人们的眼球和世俗的褒奖，我们只是静静地修自己，默默地做着自己应该去做的事，而且我们的志愿者并不是不食人间烟火、不了解世态炎凉的盲目乐观主义者，正如我们原创的合唱歌曲《蓝色志愿者》中所唱的：“我们对世态炎凉看得清清真真，我们要把北京大学公益讲座做到尽善尽美。”因为，我们崇尚与“静”联结在一起的深邃与清晰的生命状态。

来去之间即生命

人生苦短，而且必死。必死的生命为了回避因思考死亡而带来的恐惧，于是只好去忙碌。换句话说：忙碌，是因人的必死而引申出“人生无意义”的判断，又不想进入虚无所做出的无奈选择。

人生如何走向永恒？

佛家认为：本来就是永恒！无始无终，永远轮回。“无老死，亦无老死尽。”

生物学家用基因遗传解释生命永续长存。当然，这样的判断，有一点像鸡的判断：每天早上主人都会打开笼子，然后撒一把米。这个时候，鸡无论如何都不会想象到，未来的某一天，也是在笼子被打开的一刻，它见到主人手里没有拿着米，却提着一把刀，而且是冲它来的。

你想流芳千古，还是想遗臭万年？——儒家用这样的选择激励人们向善，但难免会遇到些破罐子破摔的逆子，或自以为是好心却办着坏事的“牛人”：他们虽然想的是把人们带入天堂，结果却昂首挺胸地带领大家走在奔往地狱的路上。当然，按佛家的说法，尽管进了地狱，也是不灭，只是受苦。

普罗提诺说：“时间是永恒性的复制品”。时间只是永恒的影像。同理，我们的生存也只是本质的影像。这个有点深奥。

康德以他主观的见解认为：时间的形成先于我们的理解，永恒是一种超越时间的生存。而超越时间的生存是什么呢？他没说，我们只好自己去想象。

叔本华作为一位悲观主义哲学家，曾开创了生命认识上的很多之最。他认为：个体的生命飞逝，而种族的共同理念，却永远传续。也就是说，有限的生命与“永恒”对接，是通过种族的共同理念，这从某种意义上说就是“文化”，就是一种精神，而不是大厦，不是高铁。

关于这一点，汪丁丁在《静》一文中详细描述了一件令他很不愉快的事：某企业家邀请了几十位学者共同讨论“振兴中国文化事业”，结果这位企业家最终并没有把钱捐给文化研究，而是捐给了一家官方机构，或者干脆如传闻所说，他根本没有捐任何钱出来。据说，这位企业家对政治十分感兴趣——政治兴趣过分强烈可能确实妨碍他真正地静下来思考那些只有“静”才可以思考的问题。汪丁丁进而得出这样的结论：“不能进入超越境界的人永远无从把握他们‘烦忙’的生活。”（《回家的路》第17页）

接着，汪丁丁对自己的人生与“永恒”作了这样的叙述：“我不是强者，但这些失败足以让我经常（不得不）安静下来思考。这时候，我的心情就会像细雨中的苏黎世湖，几只天鹅，几缕漪涟，湖对面美丽的山毛榉和肃立的雪峰……透过这宁静，心灵直视湖底，与‘永恒’相接。”（《回家的路》第17页）

对于生命和“永恒”，我与汪丁丁有相近的理解，只是我更愿意用诗歌来表达。附上2015年1月31日，我在郑州开课期间写下的作品《去去就来》。那天早上，七点醒来，我从微信群里听到朋友推荐的日本电影《入殓师》主题曲，突发灵感，对照其旋律，用了半个小时填写出了这首诗：

终有一天，
太阳如约升起，
我已经不能伸出双臂
拥抱每一缕爱的阳光，

但我会用最后的情怀
感恩一切，
因为心中有爱，
只是去去就来。

终有一天，
我知道要与
眼前和身后的一切
做一次短暂的告别，
要到那清静的地方
接受洗礼，
准备再次出发，
只是去去就来。

终有一天，
我知道走后
会有人用哭泣送我远行，
我将带着微笑从容挥手，
生离死别不过是一次次功课，
迟迟早早
大家都会了解，
只是去去就来。

终有一天，
我知道如果
满怀喜悦结束这一次，
下次再来一定会更好。
光明可以穿越三界，

抱着相信，
带着至慧重返，
只是去去就来。

去去就来，
去去就来，
没有悲哀，
无须徘徊。

去去就来，
去去就来，
心中有爱，
此去如来，
此去如来。

叙事是一种手段

享誉全球的“世界三大东方指挥家”之一的小泽征尔（Seiji Ozawa）先生，于1978年到访北京中央音乐学院。在聆听二胡独奏《二泉映月》时，他感动得掩面而泣，然后从坐着的椅子上跪了下去。他虔诚地说：“这种音乐应当跪着听，坐着和站着听都是极不恭敬的。”面对这样的“行为艺术”，我们对艺术的理解是不是应该升华到信仰的层面？北京大学公益讲座的课程是否可以忽略艺术的形式？

有了对上述两个问题的回答，就可以理解北京大学公益讲座为什么提出“尽善尽美尽心”和“美文传道”的理念。因为，唯有如此，志愿者才会变得更加可爱，也会让这件有意义的事变得有趣。

汪丁丁所说的解释世界的方式，大致分为三类。其一是所谓“科学叙事”。即按培根的方法，从以前体验过的现象中，归纳出一套假设或公理，然后以此推断未来将要体验的现象，这类解释世界的方式发源自古希腊。

其二是所谓“历史叙事”。孔子删“诗书”，订“礼乐”，修“春秋”，其所沿袭的是“述而不作”，并试图以此解释新的经验或治理社会。就本质言，历史叙事与神话或者传说是一样的。关键在于听的人信不信。

其三是所谓“美感叙事”。即将心里感受到的美表达出来，尼采相信那将是人类最后的理想生存方式。

不过，汪丁丁一方面赞同尼采的“相信”，同时也冷峻地指出：在权力的社会里，美感叙事是最不管用的了。它大概只对我们每个人自己的生活方式有影响。

正因为如此，北京大学公益讲座在重视美感叙事的同时，对于科学叙事和历史叙事也是十分重视的：当我们在介绍“生命的方位”时，采用了科学叙事的方法，播放由我们自己译制的美国科幻大片，进而阐述正确的宇宙观和人生观。在讲解“圆融的人际关系”时，我们引入平面几何和立体几何；当我们在介绍北京大学公益讲座产生的宏观背景时，我们从 1840 年讲起，通过回顾中国近现代史，引发听众对鸦片战争以来近两百年历史转型的多维度思考。

在科学叙事与历史叙事占有如此强势地位的权力社会，我们是顺应社会潮流的，同时，因为我们是在修自己，在不断完善自己的生活方式，所以，我们也不会放弃，甚至十分珍惜美感叙事的表达，对从生命到慧命的全部过程尝试用多元化的手段进行美的解读。

西方有这样一句话，理性永远是感性的奴婢。但我看来，这似乎并不是常态。例如，现实生活中的感动、激动、冲动，都是暂时的。听课也像吃药，药效能管多久，因人而异。佛家说得更彻底：刚强难化，退转连绵。

北京大学公益讲座的实践表明：科学叙事、历史叙事、美感叙事的完美结合，才能让一件对人有帮助的、有意义的事，在有趣中持续，于是，可以让受众获得更多美的享受。

出血与止血

汪丁丁是一位试图在经济学与哲学之间打通一条隧道的思想者。

1995年，中国的社会主义市场经济体制以中共十四大文件形式确立下来还不到一年，吴敬琏约汪丁丁写一篇关于市场道德的文章。后来由钟国璋主编的《东方》刊登了汪丁丁写的这篇《市场经济与道德基础》。正是因为在《东方》上读到这篇文章，我知道了汪丁丁。

汪丁丁的这篇文章，阐述了市场经济与道德基础的关系。认为在推进市场经济的早期强调道德，不论在理论上或在实践中，都是幼稚的：（1）几千年的传统道德，以及计划经济条件下留存的道德，都与市场经济有着严重的冲突；（2）新道德的建立，既缺乏思想来源，也一时难以形成社会共识。

而从某种意义上说，在中国社会主义市场经济的推进过程中，正是伴随着传统道德的瓦解，才带来了市场的繁荣，如同母体承受了大出血，才迎来了新生命的诞生。汪丁丁的预见是：人们需要有这样的思想准备，即生命诞生之后，如何止血，并有一套行之有效的办法，让母体和新生命建立新的共存关系。

我一直认为，《市场经济与道德基础》所阐述的思想极具超前性。这篇文章自发表以来，并没有得到思想界和政界的重视，当然，商界对这一思想的漠视是可以理解甚至也是应该的。可惜的是在二十三年之后，他的这一思想仍然被束之高阁。但可以令我们欣慰的是，有人早就说过：真正伟大的思想家，往往是在五十年之后，才能被人们认识。我们只需要耐心等待。

《市场经济与道德基础》是我与汪丁丁神交的开始，而到了2000年4月，我才第一次见到汪丁丁。他身材魁梧，天庭饱满，地阁方圆，毛发稀少，一口的京腔，这是我对他的第一印象。

市场经济其实应该有两个基础：一个是法治，一个是道德。赵晓有一篇著名的文章——《有教堂的市场经济与无教堂的市场经济》，虽然学界对此文褒贬不一，但其对现实的分析却发人深省。宗教文明是西方市场经济的基石。赵晓认为："市场经济是公平交易和创新的经济。然而，交易比较好做到，问题是平等及不断创新的精神难求，平等交易的制度更是很难畅行。"

在我看来，市场经济首先是信用经济，最大的交易成本是信息成本和信用成本。因此道德风险就成为严重影响交易的重要因素，"不信"就无法进行任何交易。而市场扩张的本质是陌生人之间交易，陌生人之间的"信"，往往是建立在有效监督基础之上的。

人类社会的监督有三种：第一方监督（道德自律），第二方监督（定金与罚款），第三方监督（法院与社会）。从成本控制的角度来看，第一方监督是最便宜的，第二方监督是零和博弈，第三方监督最贵，是负和博弈。

于是，所谓信用经济，是以法治为基础的经济，人们对交易的信心，来自对法治环境的信任，健全有效的法治，成为人们防范道德风险的最后屏障。法治保证了创新与分工的成果，在频繁和规模日益扩展的交易中得以实现，进而市场得以繁荣，财富被大规模地创造出来，交易者受惠并惠及社会的所有人。

然而，法治是人类社会的奢侈品。一套保护公民生命权和财产权的健全有效的法治体系，是有成本的，从立法到执法，再到司法的全过程，人力、物力和财力的投入是惊人的。这些支出，大大削减了社会用于提高全民福利的能力，是一笔不得不开支的社会成本。

一个社会的文明程度，往往与其保护社会成员生命权和财产权的成本成反比。于是，真正有效率的市场经济，必须建立在法治和道德的共同基础之上，因为法治不仅意味着居高不下的成本，而且法律只能疏而不漏，过于严密，社会就会失去创新的能力。而作为第一方监督的道德自律，不但可以部分起到防范道德风险的作用，而且不会产生或较少产生社会成本，对市场经济的健康运行起到积极的作用。

从上帝面前人人平等，过渡到法律面前人人平等，西方人的市场经济，其实天然具有从宗教传承下来的道德基础。

从 1999 年到 2011 年的十二年中，我一直在各种场合宣讲市场经济条件下的企业管理，从经营模式到管理模式，偶尔也点缀性地提及企业家的人文精神，因为，我在公司是分管企业文化的。

在 2010 年 9 月至 2011 年初这段时间，我突然意识到，必须放下对经营管理的思考和言说，回归自己从 1995 年开始就长期关注的市场道德问题。于是，我创办了北京大学公益讲座。

那一年，我下海创办民营企业已达十九年，正是因为经历了从理论到实践的漫长过程，我对市场经济有了属于自己的了解，反复斟酌之后，才开始启动这么一个非市场化的公益活动。当然，除了追溯 1995 年汪丁丁这篇文章对我的影响之外，还有一个深层原因是：早在 1992 年“下海”创业之初，一位合伙人告诉我：做企业最后的归宿是做公益、做慈善。我一直把这句话记在心里。当财务自由、时间自由和精神自由都实现之后，2011 年我选择了践行“下海”时的初心。

因为北京大学公益讲座在创办初期就提出“无组织、无纪律、无收入”，所以北京大学公益讲座的志愿者，所开展的活动都是不图功利的，并且践行“不做广告，不接受媒体采访，不接受捐款”的原则，使传播“光明圆融善”理念，更加敦实和内敛。

同时，为了突出其纯洁纯粹纯净的公益属性，我们开宗明义：“非宗教、非政治、非灌输”“放下利、放下名、放下自以为是”。

我们的志愿者都很清醒：道德是用来约束自己的，一旦站在道德的制高点去教训别人，实际上是一种自以为是。本着这样的基本认识，北京大学公益讲座在默默前行中，坚守初衷和承诺，一路上得到越来越多人的认可，并不断有人加入其中，与我们携手同行。

基础：道德还是法治

汪丁丁是一座富矿，拿着他的书，随便捡几块“矿石”，就能炼出一炉有深度的作品。

汪丁丁在《中国经济的隐忧》一文中提到，早在1994年，他在《二十一世纪》上就发表文章指出：“基于‘效率导向’的经济体制改革，终于向现行政治体制提出改革问题——这个政府是建立在纳税人投票的基础上呢，还是仍然基于‘政府养活工人’的社会主义原则上？”“中国政治传统和权力结构，在很大程度上依赖于被我们叫作‘道德共识’（moral consensus）的东西，政治哲学在中国人的观念世界里，从来就只是道德哲学（或宽泛一些的‘伦理学’）的一部分。而在当下的中国所看到的，大体上可以被叫作‘道德无政府’（moral anarchy）状态。在这么一种‘道德无政府状态’下，法治（the rule of law）是难以发展和巩固起来的。不仅如此，即便是‘人治’的社会秩序，也难以持续下去。”（《回家的路》第22页）

二十四年过去，弹指一挥间。汪丁丁的结论似乎还有现实意义：“中国的经济隐忧不在经济，而在政治体制，不仅在政治体制，而且还在整个社会的道德基础之中。”这个结论，透过现象已经看到了社会发展的本质，而且还经受了时间的考验。是历史在刻意成就汪丁丁的判断，还是汪丁丁看问题过于深刻，以致短短二十五年并不足以打开中国社会的这个历史纠结？我们不得而知。

然而，北京大学公益讲座是清醒的。为什么我们不去涉及政治？因为我们知道：政治家是社会分工的产物，而从政一定会比割阑尾和做心脏搭桥手术更难。与当医生一样，从政也是一门十分专业的技术，甚至是艺术，它不是光靠热情就可以做得好的。比方说，医生再怎么医术不精，也轮不到一个不懂医学的人满腔热忱地走上手术台说“我来”，那无异于谋杀。

一个文明的社会，一定是每个人接受分工，并努力完成自己本职的工作。而政治由政治家去做，如同手术让医生去做一样，这是常识，并不是什么高深复杂的道理。

假若汪丁丁的上述判断是对的，那么，北京大学公益讲座的志愿者因为限于自己的能力和水平，不去妄议政治，这是合法、合理、合情的选择。而且我们同时相信：通过向内求，提升自己的生命品质和生活的智慧，影响身边的人，先让家庭和睦、朋友和谐，这对于完善全社会的道德基础，是有百利而无一害的。

作为志愿者，我们首先是公民，我们也关心政治，因为政治会影响每一个人的生活质量，但课程内容绝不去涉及政治，因为不懂就是不懂，如果不懂装懂，硬要去涉及自己不懂的领域，结果一定是害人害己。我们也知道，整个社会道德基础的建立，不是一蹴而就的事情，需要民众长期不懈的努力。我们也很清楚，个人的力量很有限，而且改变自己尚且都是一件很不容易的事，何况要去改变别人？这个世界上没有人会被别人改变，每个人充其量只能改变自己。近八年来，上述观念已经成为北京大学公益讲座志愿者的共识，因为我们相信佛祖两千五百年前的告诫。

弟子问佛祖：“您既神通又慈悲，为何还有人受苦？”

佛祖说：“我虽有宇宙最大的神通力，但依然有四件事情是做不到的。第一，因果不可改：自因自果，别人是代替不了的；第二，智慧不可赐：任何人要开智慧，离不开自身的磨炼；第三，真法不可说：宇宙真相用语言讲不明白，只能靠自己实证；第四，无缘不能度：无缘之人，他是听不进你的话的，正所谓天雨虽宽，不润无根之草，佛法无边，难度无缘之人。”

这个社会缺什么

缺钱，还是缺人？

1998年，汪丁丁提出了这样一个问题，现在还没有过时。

国有企业不缺钱，财政直拨加优先贷款；也不缺人，想进去的人打破头。自2014年以来，由于政府鼓励提倡，出现了“万众创业”的蓬勃景象，当然这里指的是民营企业，但民营企业创业，到底是缺钱，还是缺人呢？好像都缺。

然而，当我们对这个问题进一步思考时，发现更深层次的问题是：缺什么样的人？

汪丁丁虽然不是企业家，但因他读的书太多，正如万通的陈润江所说：“汪丁丁是最懂中外原典的思想家。”所以，他知道我们的社会最缺什么样的人：当一方政府能够保护企业经营者收益权的时候，具备“敬业精神、创新精神、合作精神”的企业家们，从来不必发愁找不到钱来实现其经营目标。与此相反的是，一方政府的主要领导人如果不能保护具备以上三种品质的企业家时，该地的资源稀缺和外部条件不足，就会凸显出来。（参见《回家的路》第24页）

最近，有关“民营企业要加强员工民主管理”的提议，之所以引发轩然大波，是因为提议者不懂中国经济的发展需要什么样品质的人，也不知道作为政府应该如何通过保护具有企业家精神的人，才能带来就业和国民收入的增长。事实上，提议者可以邀请自己家的司机、保姆参与家庭事务，但不能要求别人家的司机、保姆与雇主共同商议家庭事务。这是常识！

回到“万众创业”的问题，创业到底是缺钱还是缺人呢？当然是缺具备“敬业精神、创新精神、合作精神”的人，即创新理论的提出者约瑟夫·熊彼特说的“企业家”。企业家是社会最稀缺的资源之一，因为同时具备这三种精神的人，少之又少。

1997 年，我在书店买了一本哈佛的 MBA（工商管理）教科书，这本书的开篇有二十多个测试题，其中包括多大年纪时挣到了第一笔钱、数目是多少等一系列诸如此类的题目。其中有一道题是：当你听说一个可以挣钱的项目时，你是否会心跳加速、血压升高、满面红光？我如实地打了一个叉。最后的分数我也不太记得了，八十分以下吧，职业推荐是企业的中层管理人员。也就是通过那次“自考”，我彻底放弃了当企业家的梦想，从此，心甘情愿地做股东，在企业内部负责行政管理和企业文化。当别人说我是企业家的时候，我更愿意承认自己是一个企业的“创始人”或“合伙人”。

因此，在创办企业功成名就之后，我选择做公益，既是受“功成身退天之道”的影响，也是一个有自知之明的选择。

北京大学公益讲座是一个完全非市场化的项目。所以，（1）我们不缺人。“来者不拒，往者不追”，大家都是来修自己的，不需要通过猎头公司帮我们找人。前行中，既不求缘，也不攀缘，只是随缘。（2）不缺钱。因为不是商业项目，不存在前期投资，也没有广告宣传。各地开课，由邀请方支付十一位志愿者的食宿行费用，我们的志愿者只是提供与课程相关的免费劳务。而且，我们坚持“低调做小”的方针，并不想做大，只想做久。我们知道：恐龙死了，蚂蚁还在，因为蚂蚁小，在自然界占用的资源少。

不缺，就不急不躁；不急，就从容淡定：只管耕耘，不问收获。

谋事在人，成事在天

“中国人都知道的老道理就叫‘事在人为’。顶多再加上一句无神论的宿命论判断，叫作‘谋事在人，成事在天’。这加上去的一句是要为终于办不成的事情找到一个‘合法性’根据。中国传统素重‘天人合一’，违背天意的事情，人非要去谋划，最终是要失败的。”（《回家的路》第 27 页）

2011 年初，我打算放弃收费颇高的商业课，只做北京大学公益讲座这门公益课。这让很多朋友疑惑不解：即使你是高大上的，但不收费的公益课有两个麻烦：一是怎么持续？二是如何推广？市场的信号是“好货不便宜，便宜没好货”，如果不要钱，那是什么货？所以，完全不可行，就看你能做多久吧。

今年国庆节，在南昌度过，一位大学同学惊讶地对我说：“怎么还在做？都做了八百四十场了？这怎么可能？”我说：“事在人为。”

当初我也对自己的选择怀疑过。后来，我去问一位高人：“我的学识有限，《论语》《道德经》《金刚经》都不会背，讲错了怎么办？”他告诉我：“你问问自己的心，你到底想做什么？如果心是正的，讲错了也是对的。”这番话让我信心百倍，因为我自己知道：做这件事就是希望对人有帮助，不为利，不为名，也绝不以为做公益就有什么了不起。

这位高人接着说：“给你讲一个故事。净空法师在出道的时候，问师父，我能不能下山去弘法？师父说，如果你讲得不好，这辈子也就这样了；如果讲得好，将走投无路。净空觉得师父的话很奇怪，再问，师父不回答了。后来，果然走投无路，所有的寺庙都不收留他，他只好去村里给老太太们讲。后来怎么样了？他终于把自己给度了。”我听懂了他的意思：帮助别人，其实是成就自己。于是，当晚我就写出了北京大学公益讲座的第三条理念：“甘愿付出，享受付出，帮助他人其实是成就自己。”

北京大学公益讲座引用了一句十字箴言：“一切是自己，自己是一切。”由于是高度浓缩，所以往往被人误读，认为是以自我为中心，一切都从自私自利的角度出发。其实这句话的本意是：“把一切的发生看作上天为了我们的成长而做的精心安排，而一旦感受到人生是如此美妙，接下来的行动就是个人自我的选择，后续的发生就完全由自己做主了。”十个字，展开来，这么长，其实就是四个字“事在人为”，真实不虚。

当然，汪丁丁当年说的“事在人为”，讲的是经济学家在当时的处境：“我想说的是，中国的经济学家实在很难仅仅当一个经济学家，因为发展问题实在很难是一个单纯的经济问题。而与此同时，中国的经济学家享有十分广泛的说话的权利。如果有人说，政治问题最好交给政治学家去讨论，那他最好是睁开眼睛看看中国的政治学家们能够说些什么或能够享有说哪些话的权利。‘发展是硬道理’，我觉得这句话说得很硬，它为经济学家提供了说许多超出经济学范围的话的权利的合法性。有了这种合法性，经济学家往往可以说许多原本由政治学家说的话，来促进中国经济的健康发展。”（《回家的路》第 30 页）

改革开放之后，“经济学帝国主义”一时盛行，经济学家成为中国最自由（不是之一）的一群学者，因为他们居然有“事在人为”的近乎全部社会问题的话语空间。当然，不要忘了，还有后面一句：“成事在天。”

学古不是复古

1995 年前后，汪丁丁一直在各种场合推销他的“市场经济理论”。这个理论的核心，是强调市场经济的道德基础。我想，那个时候他至少是考虑到了，道德共识对于市场运行的交易成本有着至关重要的作用。记得在 2000 年 8 月的一个晚上，我听完他的课，送他回阜成门的家，路上他对我说：“梓林，如果你能用成本来分析所有的社会现象，你就是半个经济学家。”这句话我一直受用，而且这把“刀子”很好用。现在用来揣摩他当时强调道德基础的理论逻辑，仍然好用。

“一个真正的有效率的市场经济，需要一个与之相适应的道德基础和与这个道德共识相一致的政治法律秩序。”（《回家的路》第 32 页）中国人终于在邓小平的领导下，放弃计划经济，选择了市场经济。然而，“与之相适应的道德基础”是什么呢？“与这个道德共识相一致的政治法律秩序”又如何建立？先撇开政治法律秩序不谈，因为太大、太宽泛，只就如何建立道德共识问题，仅从实践的意义上谈一谈北京大学公益讲座创办以来的一些经历和体会。

前些年，我们应邀到中南某省会城市开课，省委宣传部副部长被当地志愿者邀请到了现场。开课前，这位领导非常客气地告诉我，他上午有事，只能听一半。我说：“没关系，谢谢您的光临”。他坐在第一排，结果一上午都没有离开，下课时，他说他一上午做了十七页笔记。下午他又来了，下课时又客气地告诉我，他还有事，晚上处理完公务之后，会到宾馆来接见我们。果然，晚上九点他来了，我们在茶室进行了坦诚的交流。

这位副部长告诉我们，他们是在当地最早做国学教育的，上万人的报告会都做了好几场。最近，他们发现了一个问题：在课堂上，当他们把远古时代的社会和当时的思想描绘得十分完美之后，意外地导致受众的心目中形成了今不如昔的错觉，反而增强了人们对现实的不满，这让他们感到不安。开办国学教育的本意是希望通过学习，让受众更加热爱生活，与家人更加融洽，社会更加和谐，然而，结果却事与愿违，他们既不能让人穿越回两千多年前，还让部分人对现实更加不满，有些人甚至产生严重的厌世情绪，找不到生活的方向。

在认真听完北京大学公益讲座之后，这位副部长认为课程的整体设计很好，把中国传统文化与现代社会生活结合在一起，将世界的眼光，中国的国情，百姓的生活，在课程中融为一体，充分利用声光电，结合电影、视频、诗歌、音乐、朗诵以及现代科技手段，让听众沉浸在轻松愉悦的氛围中，透过课程结合自己的人生经历和阅历产生共鸣并受到启发，这样的效果真是很难得，值得借鉴推广。

通过那次会谈，我们也对北京大学公益讲座的课程和模式更有信心，对当下中国社会的道德共识要建立在什么样的基础上，有了更清晰的认识。我们的生活已不可避免地进入了全球一体化的进程，现代科技文明也渗透到我们生活的每一个角落，如果学国学只是啃古书，背经典，远离现实生活，那么，对于绝大多数人来说，以国学为基础的传统道德肯定是没有出路的（极少数未来做专业研究的除外）。对于当下的年轻人来说，我们是希望他们多了解世界知识和现实社会呢，还是让他们更多地了解民族文化遗产？当然，两者不是二选一，但有所侧重还是应该的。个人要在这个社会生活，企业要在全球市场生存，国家要与世界共建命运共同体，不了解世界，只是沉溺于传统的氛围中，肯定是不行的，与时俱进自然包括对世界的认识和了解，否则还是孤陋寡闻。

退而独善其身

中国从 1978 年开始的改革开放，已经走过了四十多年。当初，不论是中国共产党还是政府，或是鼓吹市场经济的学者，都没有亲身经历过市场经济，大家多是“摸着石头过河”。而对于中国这样一个有着几千年文化传统的国度，如何在经历了三十年计划经济之后向市场经济转型的过程中，形成大多数公民的“道德共识”，怎样建立与之相匹配的政治及法律秩序，的确是一件非常复杂和棘手的工程。如果事后发现出了问题，这不是历史的过错，而是历史的局限。

在我们重读汪丁丁的《启蒙与中国市场经济》时，我们会发现，早在二十年前，汪丁丁就对“中国式”的市场社会私下里做了一个勾画，其前景的确如他所说，极其可悲：“以官商勾结为特征的寡头们对土地和资本要素的垄断，以及这些寡头企业家族对大量中小个体劳动者的盘剥。”（《回家的路》第 33 页）不幸的是，今天我们所看到的某些扭曲市场的现象，正验证了汪丁丁当年的判断。最近，国家有关部门对“寡头企业家族”的依法处置，可以说是对扭曲市场的一次重要的纠偏。

令人欣喜的是，我们从汪丁丁当年的文字中，看到了他为防止这种局面的发生开出的“药方”：我们要开发出一个足以抗拒强权的“公共空间”，这个空间包括强有力的民营企业和乡镇企业，非意识形态化的社区组织，和正在消解着民族与国家“神话”的大众文化的市场。汪丁丁进一步强调说：“如果我们没有看到上述的那三种力量，那么我们的同意就是盲目的，我们所赞许的改革就很可能变成‘可逆

转’的。”（《回家的路》第 33 页）

尽管改革很难，但中国人民在中国共产党的领导下，还是坚定地起步并坚持几十年咬定青山不放松，从而提升了中国的国际地位，也改变了世界格局。这么多人口的国家，开始了一场波澜壮阔的经济体制大转型，只是“摸着石头过河”，是不是特别难？特别需要智慧和勇气?!

周其仁是汪丁丁当年推崇的极少的国内著名经济学家中的一位。最近，周其仁有一篇很有深度的关于改革的文章，文尾提道：“改革本来就难。站在当下这个时点，改起来更难。但是拖延改革，不是出路。现实的局面，改革不但要跟腐败或溃败赛跑，还要和越来越年轻的社会主体的期望值赛跑，并有能耐把大量法外世界的活动，吸纳到体制里来。在这三个方向上，要是跑不赢，大麻烦在后面。”

北京大学公益讲座的志愿者，都是在市场社会中生存的个体，做这样一项“无组织无纪律无收入”的公益，之所以能持续近八年的时间，我想这与市场经济需要一个与之相适应的道德基础有关。我们并不承担社会责任，也不是要去改变这个社会，只是想用自己的做到，证明在当下的市场条件下，只要愿意，我们还是可以做到独善其身，并追寻自己的诗与远方。我们的行为，是否可以成为中国市场社会的道德共识建设的一部分，我们不得而知，只是去做，因为人生实在很短。

附北京大学公益讲座课程中配乐朗诵的一首我的原创小诗《人生真短》，作为此篇的结束。

刚刚，还伸出双臂
拥抱清晨的霞光，
嘴唇，却已经触碰到了
黄昏灿烂的脸庞。

刚刚，还漫步在田野
把初春的美艳欣赏，
转眼，金色的秋叶
已纷纷醉倒在山冈上。

心，仍然风华正茂，
充满着激情与梦想
岁月，却漂白了乌发，
矫健已换作步履蹒跚。

光阴，实在过得太快，
领悟，总是来得太晚，
因为太短，更须珍惜当下，
因为珍惜，才走向诗与远方。

当官发财之外

通常，我们将人类社会的活动划分为政治、经济、文化三个领域。这意味着因每个人在家庭背景、禀赋、知识结构和兴趣等方面的千差万别，在上述三个方面，人们往往只能接受分工，选择其中一个方面，并通过努力实现个人价值的最大化。

一个文明的社会，政治、经济、文化应该是相对独立的，从业者接受分工，则意味着各自承担起不同角色的责任，从而保证社会稳定持续的发展。这一点在习近平的治国理念中得到了充分的体现。所谓“鱼和熊掌不可兼得”，“当官发财两条道，当官就不要发财，发财就不要当官”，讲的就是政商要分开。

而作为独立于政治、经济之外的第三极——文化领域中的知识分子，当然也应当保持自己的职业操守，坚持独立人格，绝不趋炎附势，这也是中国的文化传统：“居天下之广居，立天下之正位，行天下之大道。得志，与民由之；不得志，独行其道。富贵不能淫，贫贱不能移，威武不能屈，此之谓大丈夫。”

二十年前，汪丁丁就发现：在中国传统文化的现实社会里，很难自然转化出一个西方式的公共领域，因此，中国的知识分子，很难独善其身，更别说是独行其道。尽管如此，基于对社会转型的信任与信心，汪丁丁还是希望中国的知识分子承担起自己的社会责任。这种责任需要与主流意识形态保持一定的疏离状态，从而可以清醒地对政治和经济现象中可能出现的对全社会不利的错误和某种不良的趋势及早地提出反思和批判。

布坎南曾经说过：一个好的经济学家，要么是致力于市场的一般规律的研究，要么是在公共选择的意义上批评政府。这意味着真正意义上的经济学家，应该与政府的经济决策保持距离，甚至撇清关系。如果经济学家一定要向政府提出经济建议，那么唯一的选项应该是批评，持之以恒地批评。布坎南的这种说法，或可商榷。

当然，汪丁丁当年在对中国的知识分子提出这样的期许的时候，也清醒地意识到：必须承认，对许多刚刚走出温饱阶段的知识人来说，要承担如此的社会责任，是一件相当痛苦的事情。因为赞同和宣扬主流意识形态，就意味着可以“提职称”“出国”“解决住房”，以及其他千百种有利可图的机会和社会承认。反之，则“自外于主流社会”“边缘化”“漂泊”，甚至“失业”。批判之不易，首先是因为与权势、利益、名声保持一段疏远的距离之不易。(《回家的路》第 34 页)二十年后的今天，这种状况似乎有所改善。

历史长河滚滚向前，不以任何个人的意志为转移。当时间静静地走过了二十年之后，现在再来读汪丁丁当年的文字，竟完全没有隔阂感。那些二十多年来一直坚守知识分子独立学术精神的学者，如吴敬琏、张维迎、周其仁、汪丁丁们，他们身上体现出的知识分子的风骨和独立精神，让中国特色的社会主义市场经济社会，在左派和右派之间，都具有一定的张力。

或许北京大学公益讲座的志愿者们并不都属于汪丁丁所说的那种中国知识分子，但他们还是愿意在政治形态和经济形态之外，寻找文化上的快乐。我们希望通过文学和艺术的手段，在不能完全舍弃“眼前的苟且”的同时，寻找属于我们自己的“诗与远方”。这样做的同时，也算是在践行中适应了中国特色社会主义市场经济的现实，即回避对政治的空泛评述，又超然于金钱至上的世俗追求。

内求：无欲则刚

网上一直在传胡适说过的一段话："一个肮脏的国家，如果人人讲规则，而不是空谈道德，最终会变成一个有人味儿的正常国家，道德自然会逐渐回归；反之，一个干净的国家，如果人人都不讲规则，却大谈道德、谈高尚，天天没事儿，就谈道德规范，人人大公无私，最终这个国家，会堕落成为一个伪君子遍布的肮脏国家。"后来被证明，这段话不是胡适说的。这段话的意思，不是说道德不重要，而是指空谈道德十分有害。比如，学雷锋没什么不好，但是说的人自己并不学雷锋，却高谈着要让别人去学雷锋，这就不好了。一个文明的社会，首先是一个讲规则的社会，而"人人都不讲规则"，则会导致社会道德大滑坡，即使有人讲道德，这种人也会很快被淘汰。经济学对这种现象的解释叫"劣币驱除良币"，最后连"伪君子"都不能生存，直接进入霍布斯说的"丛林社会"。所以，所谓"伪君子遍布"，其实是一个伪命题。

汪丁丁曾经试图论证一种与康德哲学相融合的、从传统转化和演进中形成的道德哲学，并批评当时流行的三种不同道德立场：文化保守主义的立场、道德虚无主义立场、功利主义道德立场。（参见《回家的路》第 32 页）

公元前 600 年至前 300 年，是人类文明的轴心时代。轴心时代发生的地区，大概是北纬二十五度至三十五度区间。这是人类文明精神的重大突破时期。在轴心时代里，各个文明都出现了伟大的精神导师——古希腊有苏格拉底、柏拉图、亚里士多德，以色列有犹太教的先知们，古印度有释迦牟尼，中国有孔子、老子……他们提出的思想原则，塑造了不同的文化传统，也一直影响着人类的生活。更重要的是，虽然中国、印度、中东和希腊之间有千山万水的阻隔，但它们在轴心时代的文化却有很多相通的地方。

汪丁丁认为：自轴心时代以来，每一个追问人生意义的思想者，不得不采取批判主流意识形态的立场，因为人要思考，必从自身处境中去思考，每一个“处境”都是特定的——是具体时空的特殊社会内的，由无数对思考者个体有意义的特殊关系构成的。而汪丁丁当时在北京大学所看到的现实是：一批又一批冲着北京大学的文化底蕴和名气来学习的人，实为名来，为利往，为权谋。因此，他提出这样的质疑：“试问知识者，敢为社会之‘良心’？敢为生活意义之‘阐释’？敢为精神家园之‘守护’？中国学术之独立，批评之繁荣，创造精神之涌流，端系于中国的学者敢不敢询问人格之独立。”并进一步指出：此即“谓之‘启蒙’，谓之‘解放’，谓之‘人的全面发展’，谓之马克思主义的真精神。”（《回家的路》第 34—35 页）

让知识分子秉持独立之精神，同时钦佩他们因此而守着清贫，这是官员对文人应该采取的态度；如同允许官员有势有威，但不得以此伸手向商人要钱，这是商人对官员尊重的基础；同样的，商人可以依靠自己的制度创新和技术创新，获得比政界和学界更高的收入，但不可用钱去收买官员手中的公权（政治地位、学位等），并以此转化为自己的商业利润。这当然只是一种理想的状态。在现实的权力社会中，政治、经济、文化经常是纠缠在一起的，对于政治家、商人和知识分子这三者来说，要保持“独立之精神”是一件很难很难的事。而作为普通公民，北京大学公益讲座的志愿者所做的这项纯洁纯净纯粹的公益，既不涉及政治，也不图谋商业利益，更不空谈高深的理论，如此一来，倒是让这件事变得容易多了。在这块净土上，或许可以学习竹子的精神：恪守独立，摇曳自由。

圆陶行知的梦

1978年中共十一届三中全会开始的“改革开放”，1984年十二届三中全会开始的“有计划的商品经济”，1992年十四大开始的“社会主义市场经济”，2001年加入世界贸易组织逐渐进入“全球经济一体化”，就像四级火箭，把中国层层推到了世界第二大经济体的位置。

在四十余年的历史长河中，市场的波澜壮阔，个人命运的跌宕起伏，是中国历史上前所未有的。在那些为打开市场经济大门而努力奋斗过的人群当中，不乏政界和思想界的精英，然而他们中的一些人人，并没有在今天的利益格局中，享有他们认为应该享有的一切。历史发展得太快，当他们把门打开之后，很快就被拥进来的一批又一批人挤到了门边，大部队一直往里冲，他们反而落在了原地，这是一种怎样的惆怅啊!

前两年，遇到这样一位志愿者：20世纪80年代中期，他曾经在国家体改委工作，那是一个改革开放如火如荼的年代。时至今日，与当年选择“下海”并一举成功的同事比，他颇感失落：“市场经济曾经是我们美丽的情人，现在却成了别人的老婆。”我知道他说这样的话，真的有点太狂，但也反映了一个现实：社会利益在市场条件下的重新分配，的确打破了以往的格局和传统。而人们总是按照自己的想当然来判定自己的社会地位和财富的拥有量，但是，这样一种法律秩序后置，旧道德已经打破，新道德尚待建立的市场经济，的确难免造成一些人的失落。

政治权力在国内生产总值引领下的重构和分配中渐渐疏离以往的

群众路线基础，市场资源的配置在以腐败为润滑剂的明争暗夺中已经造成了越来越突出的贫富差距，在政治与经济利益的双重挤压下，中国知识分子在找到了生存空间最大化的理由之后近乎全面妥协，这些是我们当前所遭遇的挑战。

今天，中国社会是否还需要启蒙？是否还需要中国知识分子作为公民的启蒙者？中国知识分子当中，还有多少人愿意一方面承接西方的启蒙传统，另一方面承接中国传统思想中批判现实主义的精神，来培养中国人的浩然之气，并开启在市场条件下的道德本心？这的确是个问题。当人们开始诟病中国的大学正在培养“精致的利己主义者”的时候，当我们看到学术腐败愈演愈烈的时候，我们会发现，二十年前那批敢于提出并直面启蒙，勇于承担作为中国社会知识分子应尽的责任的人，已经分化、老化或蜕化。现在看来，汪丁丁二十年前对中国社会知识分子的期许，固然非常美好，但是，仍然过于浪漫。

所以，北京大学公益讲座提出从社会的普通大众群体做起，重回并践行 20 世纪 30 年代的“陶行知们”所提出的理想，去做一件按世俗观念看来，本不应该由我们来做的事。尽管有各种质疑，尽管我们的能力很有限，但是我们知道这是社会的需要，我们只是一支蜡烛。而“明知不可为而为之”，是我们对生命意义的某种理解。

由信而获得力量

2000年，我的第一本专著《企业游戏——近距离文化观察》在北京三联书店出版。能够在三联书店出书，对于中国的文化人来说，是一件很荣幸的事。

三联书店的前身，是20世纪三四十年代活跃于中国出版界的三家著名出版发行机构——生活书店、读书出版社、新知书店。1945年抗日战争胜利后，重庆的“生活”“读书”“新知”三店合并。1948年10月三家书店全面合并，在香港成立“生活·读书·新知三联书店”总管理处。1949年3月，总管理处迁至北京。

几十年来，三联书店在其发展的历程中，已经成为品评书籍的权威机构之一。汪丁丁在总结前五十年“三联精神”时，用了一句话来概括：“就是基于现实生活的大众启蒙。”

2013年1月13日，北京大学公益讲座应邀在中国人民大学开课。课程刚结束，一位四十多岁的中年妇女，来到我的面前，向我深深地鞠了一躬，然后说：“今天的课是为我一个人讲的，每一句话都是针对我说的，谢谢您！”然后，眼圈红红的她，转身就走了。事实上，创办北京大学公益讲座近八年来，我们也常常遇到这样的提问：“你们的终极目标是什么？”“你们的信仰是什么？”迄今为止，这一路走来的近八百五十场讲座，或多或少都会引发体验过课程的听众的思考，而回溯本源，创办这个课程的真实目的，正是“基于现实生活的大众启蒙”，因为我们自己也需要启蒙。

“任何启蒙都是对着某种信仰而言的”，而“今天的现实生活最突出的特征就是‘没有信仰’”。(《回家的路》第 38 页）这是汪丁丁在 1998 年说的。二十年后的今天，我们对现实生活的反思，同样可以沿用。“没有信仰，何从启蒙？”这是汪丁丁当年的设问。

汪丁丁关于信仰，有严谨的学术定义。他认为，希腊文的“信”(gnomee)比英文的“belief”意义更丰富，“信仰”在中文里的含义，与它在希腊文里的含义十分接近，而拉丁文和英文都有所欠缺。在中文的含义中，所谓信仰，一是亲切感，二是使命感，三是相信。

信仰，首先是亲切感，信仰对信者来说是亲切的，这甚至可以用来判断信仰的真伪。在这个意义上，信仰确实带有宗教情感的味道。其次，与亲切感密切相关的是使命感，用孔子的话说，叫作“知天命”，其后可以“从心所欲不逾矩”。“仰”所表达的正是使命感和亲切感。最后，是信仰的知识论含义。当我们相信的时候，是相信我们所信的为真确而不是虚幻。今天我们所看到的普遍无信仰，不是产生于那个普遍信仰的年代的信仰的幻灭吗？(《回家的路》第 39 页）

北京大学公益讲座，并非刻意按照汪丁丁关于信仰的三个含义来设计课程和运行模式。但是，如果参照这三个含义来分析我们的所做所为，是完全可以找到共同点的。在北京大学公益讲座的志愿者之间，不分年龄和性别，彼此都以“学长”相称，没有老师和学生之分。这就形成了无阶级、无距离的亲切感。而说到使命感，就是我们第一条理念所表述的：“让每一个接受过我们服务的生命：光明圆融善”。谈到“相信”，第三条理念给出了解释：“甘愿付出，享受付出，帮助他人其实是成就自己。”第四条理念更是表明了志愿者的“信”：“我们坚信，心能转境，决定幸福的是心而不是脑。”如何将我们志愿者的这些“相信”让听众接受呢？只有一个途径，这就是第二条理念：“用我们的做到，证明我们全部的说是真实不虚。”看来，用我们的四个理念来对应汪丁丁所论述的信仰的三个含义，确实是天作之合。

做我所说，说我所做

北京大学公益讲座的“讲座”，其实是“讲做”。“讲我所做，做我所讲”，“讲”的前提，是因为自己能够按讲的做，而“做”的前提是相信自己的所讲，所以，“讲做”是一体两面。

公益的形式多种多样。北京大学公益讲座为什么要选择“讲”作为这项公益的主要手段？汪丁丁说：在信仰普遍迷失的年代，“取而代之的，是普遍的‘思考’，尽管这思考的真伪优劣大可商榷。只要有生活，就会有对生活的反省，就不得不有‘思考’。我说‘不得不思考’，是因为许多人告诉我说，‘思考’正是他们打算回避的东西。”（《回家的路》第 39 页）其实，很多人都知道：“人一思考，上帝就笑了。”而我对汪丁丁“不得不思考”的理解是：“人不思考，上帝就要哭了。”

任何“思考”都是气体，将“思考”说出来，就是液体，只有将“思”与“说”写出来之后，才是固体。“对于思考者而言，他所说的，必须是思考同样问题的人才能明白；对于言说者而言，他所说的，必须是针对不同角度的人才有必要。”（《回家的路》第 186 页）

所以，当我们在“讲”的时候，其实是在找思考同样问题的人，这也是每次课程结束后，看到步出会场的听众们那一张张喜悦的面庞时，志愿者心中的成就感油然而生的原因。而我们的“讲”，之所以不受年龄、职业、学历、经历的局限，是因为我们针对了不同的角度，找到了受众思考的共通点，或者叫最大公约数。

这个世界上比我们会讲的人太多，但我们为什么还要讲呢？我们很清楚，那是因为我们的“讲”，首先是讲给自己听的，连自己都不信的东西，讲出来，浪费别人的时间，也浪费自己的生命。

以讲大话、空话、套话、废话为职业的人，他们心里也很清楚自己在说什么。所以，这些人退休之后，会有两种情况：一是如释重负，终于可以学人说话了；二是严重失落，再也找不到听自己说话的人了，而且也要重新学说人话。

作为一项平民的公益，北京大学公益讲座能坚持八年，并期许要长期做下去，其实，没有别的诀窍，只是让受众相信我们说的是真的就好了。如何获得这种相信？“用我们的做到，证明我们全部的说，是真实不虚。”因为，如果受众不相信，即使讲得天花乱坠也不可能持续。

我们对讲师和分享会主持人的唯一要求，就是讲自己相信的。如果自己都不相信，迟早会穿帮的。正如美国总统林肯所说：“你可以在有的时候，欺骗所有的人；也可以在所有的时候，欺骗有的人，但你不可能在所有的时候欺骗所有人。”最关键的是，人可以一辈子无知，却不可能无耻到骗自己一辈子。

在北京大学的校园里，每天都有很多场讲座，每场讲座一般是一小时，然后回答问题半小时，最长不过两个小时。而北京大学公益讲座这样一个没有知名度和权威性的讲座，上来就让人听三个小时。这样的讲座，如果我们不讲自己已经相信的话，不讲内容朴实的真话，不讲角度新颖独特的话，不讲风趣幽默生动活泼的话，总之，不讲接地气的“人话”，谁能坐得住呢?！更别说受众反复聆听揣摩之后，每次还能获得新的启发和不尽相同的收益。

碎片、幻灭、自我

思想的碎片化，已经成为当下中国社会大多数人面临的共同问题。智能手机和微信等现代化通信技术，给人们的生活方式带来根本性的改变，每个人不仅可以通过手机随时随地获取海量信息，而且交流的频率和广度大大提升，以至于人们被手机占用的时间也越来越多；更为突出的是，大家获得信息的差异性越来越大……

每一天，人们都被各种各样毫无关联的碎片化资讯狂轰滥炸。本来智能手机是协助我们处理信息的，但人们总是担心错过什么，不断刷屏，大量的男女老幼变成“低头族”，精力和注意力完全被手机操控，不能自拔，最后把自己搞得筋疲力尽。

在这个过程中，生活的敌人不再是无知，而是受到太多碎片化信息的围堵和干扰，使得这种状态下的无知，已不再限于偏见，而是包括没法系统整理过多支离破碎的信息，从而产生一种饥渴和依赖感，让生活逐渐失去方向。而这一切的背后，则是“信息的碎片化”带来的愈来愈严重的“思想的碎片化”，人们不仅忘记了什么是系统化的思考，而且由于每天获取大量垃圾信息，神经已经麻木，甚至连“感觉”都没有了。睡前发现：每一天都是过眼云烟，什么也没有发生，什么也没有发现，什么也不曾思考，什么也没有留下。

其实，早在二十年前，汪丁丁就看到了这样的现实：经历了那个普遍信仰的年代的信仰幻灭之后，由于信仰的缺失，人们试图彻底回避思考，开始跟着“感觉”走，因为“感觉”或许是幻灭了信仰的世界里唯一真实的东西。（参见《回家的路》第 39 页）

二十年后，我们的生活，已经被手机中各种各样的信息撕裂得七零八落。说它是生活，因为大家不得不活着。在这样的大背景下，北京大学公益讲座遇到的机会和挑战也在于此，人们是否还愿意停下脚步，挤出三五天时间，思考与自己的生活品质密切相关的问题，这似乎成为一件不太容易的事情。

而北京大学公益讲座在各地的慧至堂，试图创造一个共修的环境，让志愿者在一周中抽出半天或一个晚上的时间，放下手机，与家人、朋友和有缘人围坐在一起，讨论日常生活中的发生和共同面临的问题。事实证明，这件事是有必要的，也是有需求的。因为在一起的真实感觉，远胜于在网络云端不着边际的漫游。

济南慧至堂 105 志愿者耿淑霞最近在她的一篇分享文章中写道：

“七日之约，是济南核心志愿者在两年前的国庆节，许下的一个美好约定，你来与不来，每个周日的上午都有一群因善而聚，因坚持而美丽的人在等着你，与你共度一段美妙的时光。

“这个美好的愿，在济南志愿者不懈的坚持之下，让一件有意义的事，变得更加有趣。有趣又好玩的事情，自然能够吸引更多的人，点燃自己的同时，也能点燃别人，相互鼓励，相互支持。一个人可以走得很快，一群人在一起，才能走得更久。”

在持续进行的分享活动中，志愿者终于在虚拟世界之外，找回了真实的生活。当然，这件事的意义，不在于让大家彻底放弃眼前的苟且，而在于可以在平凡的生活中，找到自己的诗与远方。

正如作者在文章结尾时所写的：“七日之约，是我们的约定，是一种力量，是我们的精神家园，是生活中的一方净土，是我们区区一念，别无他念的愿。”这就是北京大学公益讲座能够在纯公益，即无组织无纪律无收入的条件下，一直走到今天的根本原因，因为碎片化的生活，并不是人们真实的需要，而通过与思考同样问题的人一起思考，并分享体会，有助于大家在非功利的人际交往中，重新开始过一种有意义的生活。

找到真实的自己

“为什么每一次听北京大学公益讲座的课，感觉都会不同？”很多志愿者这样问我。

我回答道：“因为我每一次讲课，面对的听众都不同，而我的心境也不可能相同。”北京大学公益讲座是探讨心灵成长的课程，所以，我们是用“心”来讲这个课程的。于是，在不同的环境中，心灵的流淌自然会有不同，而正是因为不同，才避免了简单的重复。尽管有人说“简单的重复就是成功”，但我们更愿意说，每次创造不同，才让我们的生命更有效能。

关于“心境”与“感觉”，汪丁丁有过这样的描述：“生活原本应当是丰富和深厚的。我早上起来，呼吸到新鲜的海风，在我今天的感觉里却与往日不同，因为心境不同，这就是生活的丰富与深厚所在。我们的生活其实是我们心灵的生活。”（《回家的路》第 41 页）

北京大学公益讲座的讲师是用心与听众交流，所以，对讲师的基本要求是：一是站着讲。站着讲是对听众的尊重，而且可以通过走动，关照到更多的听众，从而感受到听众对课程的反应，并及时调整叙述角度和节奏。当今世界最负盛名的汉学专家、“中国最后一位女先生”叶嘉莹女士从教书开始，就坚持站着讲课，到了七十岁，再到了八十岁，即使现在已经九十四岁，她依然是站着讲课。她说：“站着讲课是对诗词的一种尊重。”

二是要用“心”去讲，不能有讲稿。罗马教皇曾经说过：好的演讲是不能有讲稿的，连提纲也不能有。因为如果你自己都记不住，怎么能指望别人记住。我们课程中的幻灯片很少，非常简约，从不花哨，仅有的一些也是给听众看的，它并不是讲师授课的提示板。讲师必须看着听众的眼睛讲，讲他们喜欢听的，叫作“投其所好”，实为“精心准备的随意发挥”。同时，讲师也希望听众看着自己，而不是看着幻灯片做笔记。

当然，所有这些对讲师的要求背后，最重要的原则是说真话。我们不能保证所说的是对的（对错由听众自己判断），但我们必须保证在台上说的都是真话（尽管真话不必全说）。

说真话容易，还是说假话容易？这让我想起一位“90后”志愿者的分享：大学期间，他们班有一位同学，被大家一致“誉”为最会忽悠的“小天才”。结果，毕业前，这位同学把校花“忽悠”到手了；毕业后，他从事产品营销，也非常成功。他有一个特点：让他说假话，张嘴就来；让他说真话，还得考虑一下。这段真实的分享，让我很惊讶，也引发我的思考：“90后”的孩子居然有这样一种“能力”，他是从哪里学来的？或者说在怎样的一种环境下，孕育出这样一种“能力”?!

邓晓芒在《灵之舞》中有一段话：“不会说谎是蠢笨，不愿意说谎才是诚实。真正的真诚是一种选择，它背后有一个无限可能的谎言世界；但真诚的人选择了真诚，并将它表演了出来，对别人，也对自己。”在这段话的前面，还有一句：“意识到一切人（包括自己）都有可能虚伪，因而都有可能被看作虚伪，这是真正的真诚观念的萌芽。”尼采也说过类似的话：“人要求真诚并与其他人的社会交往中满足这一要求，这是一切社会生活的基础。人们预见了互相撒谎的不快后果，因此真诚就成了一种责任……不顾一切地说出真理是某种苏格拉底主义的东西。”（《回家的路》第172页）

刘晓蕾在她的《从〈金瓶梅〉看世道是如何坏掉的》一文中也指出：“一个以金钱为信仰的市井社会，人人都擅长撒谎，相互算计，乃至背叛，成了家常便饭，当事人毫无心理负担，这个社会离崩溃就不远了。”

世界很大，说谎总是有市场的；人生很短，一直坚持说谎（说谎之后，还得用新的谎言去圆谎），肯定很累，因为说谎的目的，总是有求，一旦被戳穿，后果就是失信，而失信说到底不是损人利已，是损人不利己，甚至损人害己。世界是守恒的，所谓“在道上混，欠的都要还”。

北京大学公益讲座的志愿者，彻底地“放下利，放下名，放下自以为是”，只是为了修自己而做这件事，因为什么也不图，自然也就没有必要通过说假话，来达到不可以直言的目的。佛家说：但有所求，必有烦恼。我们什么也不求，只求让自己真实地活一把，让自己说着真话度过余生。

活出尊严不容易

发生的已经发生，未来又不可预知，那么，怎样度过一生，才算活过？

汪丁丁在其《“三联精神”的现代意义》一文中指出：“理性时代的信仰是‘我思故我在’；后理性时代的信仰是‘我在故我思’；海德格尔的综合是‘在与思同一’。我们则什么都没有。因为我们无从把握自己的‘在’，我们的‘思’是建立于各种碎片上的思考。”（《回家的路》第 42 页）

关于现代人“存在感”的危机，2007 年汪峰在他的《北京北京》一歌中有这样的描述：“如果有一天我不得不离去，我希望人们把我埋在这里，在这儿我能感觉到我的存在，在这儿有太多让我眷恋的东西。”而汪峰创作发表于 2011 年 10 月的另一首摇滚歌曲《存在》，则更直接地描述了现代人内心对生命的存在的一连串疑问，这些形而上的问题，似乎由于人们每天过于忙忙碌碌，已经顾不得去深入思考。汪峰用他细腻而透彻的歌词和旋律，替每一个来不及思考却又充满疑问的普通人发问。在所有的视频版中，我最喜欢的是邓紫棋演唱《存在》的那个版本，所以被用在第一阶“从生命到慧命”的课程中。

2017 年 7 月 15 日，我们在旧金山为硅谷科技华商协会的企业家讲课。一位随丈夫来到现场的金发女士，虽然听不懂中文，却被这首歌曲的旋律和演唱者的状态深深打动，课后向我们询问歌曲的出处。当她了解歌词大意后，更加赞叹，对“存在”这个话题陷入思考，并与我们展开讨论。在此附上《存在》的歌词，以飨读者。

多少人走着却困在原地，
多少人活着却如同死去，
多少人爱着却好似分离，
多少人笑着却满含泪滴，
谁知道我们该去向何处，
谁明白生命已变为何物，
是否找个借口继续苟活，
或是展翅高飞保持愤怒，
我该如何存在？

多少次荣耀却感觉屈辱，
多少次狂喜却备受痛楚，
多少次幸福却心如刀绞，
多少次灿烂却失魂落魄，
谁知道我们该梦归何处，
谁明白尊严已沦为何物，
是否找个理由随波逐流，
或是勇敢前行挣脱牢笼，
我该如何存在？

谁知道我们该去向何处，
谁明白生命已变为何物，
是否找个借口继续苟活，
或是展翅高飞保持愤怒，
谁知道我们该梦归何处，
谁明白尊严已沦为何物，
是否找个理由随波逐流，
或是勇敢前行挣脱牢笼，

我该如何存在？

如何存在，固然是一个大问题，但在过于紧张忙碌的现实生活中，我们是否已经忘记了自己的存在，则是一个更大的问题。北京大学公益讲座是一堂体验式的课程，试图通过每位听众身临其境的场景体验，触发大家的联想，从而形成一种融入个人独特经历和阅历的暖记忆。在北京大学公益讲座第一阶的课程中，我们安排了“观呼吸”的体验，通过对呼吸和身体某一部分的觉察，唤醒听众对自我的关照和认知。在这个环节中，有一段配乐朗诵作为引导：

人的一天会呼吸两万多次，呼出和吸入的空气有二十多公斤，你有过这样的觉察吗？呼吸，是所有生命现象中最奇特的一种，当你想深呼吸的时候，就能深呼吸；当你想浅呼吸的时候，就可以浅呼吸；当你想屏住呼吸不呼吸的时候，它依然会顺从你。你有多长时间没有关注自己的呼吸了呢？是的，你会说你很忙很忙，忙到连自己的呼吸都忘掉了，可它没有忘记你，如果它把你忘记，那你也就不存在了。

……

以上这些都是生命中最普通的现象了。然而在一天之中，你有多少时间会想起？在一年之中，你又有多少次关注？是的，我们这个世界，我们这个社会，我们这个时代，一直带领着我们向外求，好像所有的快乐和幸福都在外面。然而，你在哪里？你到底想要什么？现在你去到大街上你随便找一个人，你问他：你想要什么？他一定会告诉你：我也不知道，别人有的，我都想要。然而，你是谁？你到底想要什么？你好不容易来了这么一次，这一次是从哪里来？要到哪里去？你这一生终究的使命是什么呢？

我们的人生是来追求圆满的，圆满并不在乎半径有多长、多粗，而是在乎那个圆心在哪里。再长的半径也画不出一个圆满的人生，这

一次，你一定要让自己找到生命真实的存在，一定要找到那个圆心，否则你再多的努力，再多的荣华富贵，再高的位阶都和你没有关系，因为你存而不在。这一次，一定要让自己找到生命真实的存在，要好好地存在一次，活出意义，活出精彩。

2018 年 9 月 30 日，我开始写这组关于回家的系列文章，第一天就写完了《引子》和《如何才算活过了》，然后以每天两篇的速度（三千字左右），进入一个不可多得的创作喷涌期。十一年前，我在写《王朝投影》时有过这样的感觉。这大概是因为 9 月 29 日，困扰我一年多的腰腿疼，被确诊为强直性脊椎炎，我的心里反而安定释然了，明白自己今后只能少做或不做拼体力的事情，这样可以用更多的时间，整理这六十多年的人生体悟，尤其是创办北京大学公益讲座近八年一路走来的心得，或许能留下一些对人有帮助的文字。当然，这只是我的一厢情愿，谁又知道呢？

2002 年，经济管理出版社出版了我的第二本专著——《一位民企经理人的思与说》，至今我一直在“思与说”，并把自己的“思与说”变成一种公益行为。直到再次读到下面这段文字，才知道这一切都是为了什么：“我们每一个人每天所做的，其实是拼力将这些零碎的思想，借助了同样来自各种碎片上的思考的零碎的理论，整理出稍微有些意义的图景，从而在我们从这个世界逝去的时候，可以对自己说一句‘我活过了’。”（《回家的路》第 42 页）

哈耶克，还真牛

汪丁丁的著作《回家的路》一书共三百八十九页，二十年后，当我重读到第四十三页，就已经写下了二十八篇系列读书笔记。我原计划写完六十篇出一本书，现在看来，进展顺利，指日可待。说实话，任由自己的思绪和灵感飞扬，跟随汪丁丁当年的节奏，在回家的路上随心尽意滑翔，的确是一件很惬意的事。

尽管接下来的这几篇，会因为汪丁丁的话题进入深水区，开始讨论比较抽象的理论问题，但我还是尽量争取写得轻松一些。当然，读者也可以选择跳过此类文章。比方说眼下的这篇，你只需要知道有一个名叫“哈耶克”的人即可，他是 20 世纪最杰出的古典自由主义思想家、英国知名的经济学家和政治哲学家。本文中有关哈耶克的观点，是从汪丁丁《哈耶克〈通往奴役之路〉中文译本序》中转述的，其他的描述和介绍来自多方渠道。

1899 年，在奥地利维也纳出生了一个人，这个人后来“牛”到什么程度呢？有人说，但凡伟大的思想家，其思想都要在五十年之后，才能被认可，而五十年之后，提出伟大思想的人，常常无法亲眼见证自己的思想被历史证明。而这个人在三十九岁时，用逻辑推理预测苏联计划经济将彻底失败。五十四年后，也就是当他九十二岁的时候，他亲眼见证了自己的预言变成事实。而后他还继续活了三个月，真是“眼看他起朱楼，眼看他宴宾客，眼看他楼塌了”。九十三岁时，他在完成了自己的使命之后，与世长辞。他，就是赶在 19 世纪最后一年出生的弗里德里希·奥古斯特·冯·哈耶克，是前一个世纪为下一个世纪创造的最伟大的最幸运的学者（没有之一）。

1938 年，哈耶克发表了一篇题为《自由与经济制度》的文章，1944 年他将这篇文章的思想扩充为一本书，叫作《通往奴役之路》。这样一本激烈地反社会主义的书，在当时是很不合时宜的，所以在社会主义国家被长期列为禁书。那个时代，英、美、德等工业发达国家的社会主义思潮正风靡一时，1929 年爆发的资本主义经济危机普遍而持久，为社会主义运动提供了广泛的社会基础。人们之所以迷恋社会主义，因为“社会正义”“收入平等”“就业保障”是人类社会理想的目标，为了实现这个目标，就必须“铲除私有制”和“推行计划经济”。当时苏联实行的“社会主义计划经济”的优越性十分明显，不论在国内生产总值的增长还是社会管理方面，都显示出集中力量办大事的优势，尤其在科技和军事方面取得的成就是举世瞩目的。

1974 年，哈耶克获诺贝尔经济学奖，但并不是因为他对计划经济的缺陷的洞见以及对其进行的无情批判。一直到 1992 年，在中国共产党第十四次全国代表大会上，确立了中国的社会主义市场经济体制，人们才发现早在五十多年前，哈耶克就已经预见到了计划经济的严重弊端。

在 20 世纪波澜壮阔的社会主义计划经济的浪潮中，中国人也经历了三十年的探索。幸运的是，中国共产党从 20 世纪 60 年代就开始反思苏联的社会主义模式，尤其是从中共十一届三中全会开始的改革开放，使中国彻底放弃了苏式的计划经济，走出了一条中国特色的社会主义道路。

一项经济制度是否有生命力，其核心问题是在公平正义的基础上，如何实现效率的最优化。没有公平正义，组织者就要承担镇压造反的成本；没有效率，组织者自然就会内生改变这个制度的意愿。哈耶克认为：激励机制和信息成本，决定一个经济制度是否具备创造力。而在计划经济体制下，制订计划的官员们得不到足够的激励，也没有办法去获取每一个公民对各种消费品的评价，因此，其制定的价格一定是扭曲的，价格的扭曲必然带来资源的浪费，从而导致社会效率的损失。国家的计划只能退出微观，而在社会发展的产业和国计民生的方面对经济进行宏观调控。

关于激励机制与信息成本问题，我们拿张维迎曾经举过的一个例子，来说明什么样的经济制度是公平并有效率的：在八月十五的夜晚，一个人在树下工作，一个人在树外工作。尽管他们是一个经济共同体，但作为个体，他们都有“以最小的付出得到最大的收益”的理性倾向，这个时候，应该制定一个由谁来当老板的经济制度，既可以保证公平，又可以体现效率呢？这里涉及两个经济学的基本问题：一个是监督成本（其实从根本上说是“信息成本”的问题），一个是激励机制。显然让树下的人监督树外的人，监督成本更小；而让树外的人来监督树下的人，监督成本高。于是，体现公平并保证效率的经济制度是树下的人当老板。

哈耶克深信：“我们选择的自由，就一个竞争的社会而言，依赖于这样的事实：若某人拒绝满足我们的愿望，我们可以转而与另一个人谈判。但若我们面对的是一个垄断了我们命脉的权威，我们就只能寄希望于他的仁慈了。”

当然，以我这样的一篇短文，是不足以介绍哈耶克以及他对计划经济的严密的逻辑推理过程的，而且凡是要对重要思想做深入的了解，都需要阅读原著。

说声自由，不简单

2005年，我四十八岁。那年的4月15日，北京大学产业与文化研究所正式成立，我出任常务副所长。当时的北大经济学院院长刘伟（现任中国人民大学校长），召集院里的主要领导在北大资源大厦的俏江南餐厅举办了一个小型仪式。他让我坐在主席位，他和所长黄桂田（当时的副院长，现任山西大学校长）坐在我的左右两侧。

当时，刘伟说了一席话，令我终生难忘："我和梓林都是1957年生人，我在黑龙江当知青，他在江西当知青。他在国有企业从工人到总经理，历时十二年；1992年，他与其他五位合伙人一起创办科瑞集团，人称"科瑞六君子"，在商场上叱咤风云，到现在已有十三年；多年来梓林笔耕不辍，已有二十三册正式出版物。今年，是我和梓林的本命年。四十八岁的人，有两个特点：一是不做坏事，二是要做自己喜欢做的事。他现在希望借助北大的平台做研究，我们应该给他提供这样一个机会。"

从十六岁开始，我告别父母，离开家乡。三十二年后，终于实现了财务自由、时间自由和精神自由，可以做自己喜欢做的事了。这是不是萨特存在主义哲学所说的"不得不选择的自由"（doomed to be free）？我不甚了解，但2011年独立创办北京大学公益讲座，的确是一项随心所欲的选择，而且心中确实有一种"使命感"的意味。我常对听众说：像我这样的人，不做公益，那叫"天理难容"，因为活到今天，得到的实在是太多了。就这一点来说，我的人生是幸运的：十六岁高中毕业后，三年农民，三年兵，三年工人，三年大学，三年国企团委书记，三年国企总经理，然后1992年赶上小平南方谈话发表，辞职下海了……现在想起来，这一切竟然都是最好的安排，证明没有一片雪花会落错地方。

关于人生，北京大学公益讲座接受这样一句十字箴言："一切是自己，自己是一切。"前五个字即所谓"doomed to be free"，老天爷把一切都给人安排好了，我们要学会接受，而且要感恩这一切的发生。后面的五个字，更接近于芝加哥学派经济学领袖弗里德曼所谓的"选择的自由"（free to choose）。因为每一个生命体，一旦意识到这一切的安排都是为我们而来之后，我们就会坦然地接受这样的人生功课，并且更重要的是，知道接下来的一切发生是由自己来做主了，从此自由了：自由的基础在于选择，自由的外在表现是有权利选择。

关于这一点，汪丁丁在《自由的基础在于选择》中有一段精彩的论述：弗里德曼"看重的是个人在任何情况下都无法被剥夺的选择自由，'无法被剥夺'，那是因为人有意志自由，意志总可以选择自己的意向。可是谈到意志自由，就又接近了存在哲学'不得不选择'的自由，因为个人'被抛入社会'，陷入人与自然、人与人的'双重紧张'的个人历史过程，只好凭意志选择个人历史的方向，活出一点'意义'来。"（《回家的路》第49页）

把弗里德曼所说的"自由选择"，与萨特所说的"不得不选择"联系起来讨论，这应该是汪丁丁的"创造性误读"。因为他在美国拜访弗里德曼时，当面问过这个问题，后者并不认可。弗里德曼认为自己与法国的哲学家们毫无共同之处。尽管如此，汪丁丁还是坚持认为："我们生活在一个几乎没有选择的社会，我们每日所做的大多数事情都是社会预先安排好期待我们去完成的，哪里有选择的自由呢？好像卢梭说的'生而自由的人却处处被套上枷锁'。我们越是年岁增长就越感到枷锁重重。另一方面，我们越是年岁增长就越是意志坚强。这两件事似乎说明一个道理：自由选择其实是自由意志在选择。"

（《回家的路》第 49 页）

因为有亲自拜访的经历，汪丁丁对弗里德曼这位世界著名的经济学家是这样介绍的：尽管他是学术巨匠，但他以学术地位从事社会活动，其自由思想对 20 世纪的世界格局产生了巨大和深远的影响，他所代表的芝加哥右派与哈佛左派之间的辩论结果，使哈佛左派代表人物加尔布雷思淡出美国主流社会。十二年以后里根因此受益，得以开始他的“保守自由主义”革命。（《回家的路》第 50 页）

一直以来，我们所学的哲学告诉我们“存在决定意识”。而汪丁丁总喜欢反过来说：“你怎样信仰，你就怎样生活。”弗里德曼就是一个案例，他改变了人们所信仰的东西，于是导致人们生活世界的变迁。

我们不会忘记四十多年前的那场关于真理标准的讨论，那场讨论改变了中国人的观念，对整个中国社会产生了深远的影响。

当然，世上没有免费的午餐，经济学的这条铁律同样可以用于“自由”。正如汪丁丁所说，如果你能用“成本”解释社会现象，你就是半个经济学家。下面我们来试试。

所谓选择的自由，就是一切都由自己做主。大学生毕业统一分配，这是不自由，收益是立即有了稳定的工作，成本是未必获得最适合自己的工作岗位。大学生毕业自由择业，这是自由，收益是有选择职业的权利，代价是毕业可能就意味着失业，或误入歧途。因此，并不是所有人都愿意接受选择的“自由”。甚至有人更愿意接受政府和父母的安排，不去承担选择带来的犹豫的痛苦和对结果的责任。

又如，自由婚姻也是有代价的，因为选择的成本是那个被放弃的机会，所以，很多人在婚后总是后悔不迭，因为常常会臆想没有得到的那个人或许才是最好的——“没有钓起来的鱼，总是最大的”。经济学把选择之后放弃的那个选择当作机会成本，于是，成本的大小就有了充满想象的空间，这也是人们产生后悔的总根源。其实，不做出这样选择，未必就是最优。所以，人生能够选择次优，就已经相当好了。这也就是中国人常说的“知足常乐”“月满则亏，水满则溢”的道理。

选择的自由还有一个成本，或者说责任，就是维护他们自由选择的权利。“媒妁之言，父母之命”，然后还要“嫁鸡随鸡，嫁狗随狗”，只能认命。反过来，既然是自由恋爱，就应该是双方都有选择的自由，不是“我爱你，非你不娶；你不嫁给我，我就杀了你”。既然是自主择业，那么就是双向选择。权利与义务是对等的。所以，古典自由主义者才坚持认为：维护他人的自由选择的权利，比自由选择更加重要。

“自由”不仅是一个美丽的词，也是生命的一种美好的状态。从这层意义上来说，北京大学公益讲座对听众和志愿者采取“来者不拒、往者不追”的态度，既符合东方的传统思想，又符合西方的自由主义思想。

应该让哲学有用

二十年前，汪丁丁在他的《有关道德的问题》一文中，讲述了这样一件事：因泰国某农业集团生产的饲料大量用于养猪业，致使市场上的猪肉普遍存在安眠药残留，吃了这样的猪肉，不仅他的父亲每顿正餐之后昏昏沉沉陷在沙发里，而且患有严重失眠症的母亲也变得嗜睡。最后，得出这样的结论："这类问题……让经济学家不得不关心道德哲学。"（《回家的路》第 57 页）

二十年来，经济学家在关心道德哲学方面的情况如何，我不得而知，但人们心目中以及媒体上的经济学家，通常都在讲经济发展形势、股票、房地产这些与钱有直接关系的事，讲道德哲学，恐怕没有什么听众也不会有人为这样的活动买单。于是，"经济学不讲道德"仍然是比较畅行的观念。有人认为：科学是一把冰冷的手术刀，作为一门科学，经济学就像物理学和病毒学一样，只分析事实，不对事物和现象作道德评判。这对于中国的经济学家来说，在政治上是安全的，在经济上也是理性的。

在讲了十二年"理性人在约束条件下追求利益最大化"的假设，以及由此衍生的企业经营管理课程之后，2011 年的某一天，我终于发现：

（1）理性人假设作为现代经济学的基石，究竟在多大程度上可以解释处于转型期的中国社会的现实问题？而用数理统计的利益最大化与人的最大化利益之间，虽然有重合的部分，但毕竟是两个概念。

（2）理性人由于信息不对称，往往会做出非理性的选择，成为理性的“傻子”，于是“理性假设”往往只是黑板上的推演，虽然满足逻辑，却与现实不符。

（3）敢于冲破约束条件的人，在社会处于变革时期，获得成功的概率往往会更大一些，甚至，有时敢于冲破约束条件在成功的诸多因素中是决定性因素。

（4）在追求利益最大化的过程中，人们往往把金钱和物质作为衡量利益的唯一标准，而忽略了纯粹精神在利益中应有的比重。

这是我对西方经济学的反思，也是我决定开始尝试用另一种方式解决现代人双重紧张问题的一次自我革命，于是，就有了“放下利，放下名”的北京大学公益讲座。因为是一种尝试，所以，我对这样一个逆时尚的行动，又做了进一步的约束：“放下自以为是”。我不知道这样的行动，与道德哲学有多大的关联，但我知道：所有的哲学都是拿来用的，而且越是能帮助人解决实际问题的哲学，越有生命力，这当然包括“道德哲学”。

这么多年来，很多人不解，总是会问：这样做是为了什么呢？总应该有一个追求的目标吧？我不便说这件事与“道德哲学”有关，那样人家会觉得我太矫情。但我心里清楚：这与我理解的道德有关，也与我理解的哲学有关。因为在金钱至上、功利主义盛行的当下社会，哲学与道德都是稀缺资源。经济学认为：资源稀缺时凸显其价值。

2015 年 8 月 2 日，我们在深圳宝安区上合小学开课，大家在布置会场的时候，我站在走廊上，被志愿者的行为所感动，遂以全体志愿者的名义，写下了《为此而来——志愿者的心声》这首诗：

我来到这世上，
是为了融入蓝色，
像天空一样辽阔。

我来到这世上，
是为了融入蓝色，
像大海一样宽广。

我来到这世上，
是为了寻求真诚，
找到更好的自己。

我来到这世上，
是为了证实善良，
享受付出的乐趣。

我来到这世上，
是为了彰显人性，
留下独立之精神。

我来到这世上，
是为了获得尊严，
驰骋自由之思想。

我来到这世上，
是为了一个祈愿，
传递光明圆融善。

我来到这世上，
是为了一个目标，
让生命走向慧命。

金钱与信用

大约是在 2003 年，我在北大蹭课，听完了周其仁一个学期的制度经济学课以后，其课程中的许多观点和思维方法已经融入了我的血液。周其仁的课深入浅出、妙趣横生，他讲的是真实的经济学，不是黑板上的经济学，因为他是讲故事的高手，所以很善于把经济学的理论藏在故事里，既有趣又深刻。因此，每次他开课，都是用最大的教室，但还是座无虚席，只好在过道上准备几十张小凳。而作为旁听生，我常常也是坐在过道上。

有一个故事，至今让我记忆犹新。20 世纪 80 年代初期，中国的某机构召集了一批学者建立未来二十年国民经济发展的数学模型，多少人口，城乡分布，多少粮食，每人每天口粮……非常的详尽。但是，当时温饱还没有解决的人们，怎么会想到，因为主要是考虑粮食问题而实行的计划生育，后来竟然发展成这样：政府不让多生孩子，现在很多人家养猫养狗，猫狗也要吃粮食，但它却不会创造“人口红利”，而宠物消费对国内生产总值的贡献有多大？真是不敢说。这是当年制定粮食需求模型的人万万没想到的。周其仁以此告知学生，计划经济是一种多么“致命的自负”。

我相信周其仁说的故事是真实发生过的。汪丁丁在他的《金融深化与货币流通》中，也提到一件他亲身经历的事：“我记得 80 年代初期我参与建立一个宏观计量模型。有一天晚上我们突然决定要计算历史上的货币流通速度，结果发现整个社会主义时期的货币流通速度以极大的幅度波动，完全谈不上是一个稳定的量。……货币对发展经济的含义在于，持有货币的人必须能够自由地追逐利润，唯其如此，货币才充当了有效配置资源的媒介。”（《回家的路》第 59—60 页）

二十年前，汪丁丁提出的问题，如今看来已经解决得比较好了。现在持有货币的人，不仅可以自由地追逐利润，而且利用金融杠杆，迅速聚集起属于自己家族的巨额财富。还记得在 1993 年，邓小平曾说：“不要怕出现很多的百万富翁，因为政权在我们手中。”百万后面是千万、万万、十亿、百亿、千亿、万亿，百万的百万倍是多少？这些早已超出人们的想象。

下面我直接引用二十年前汪丁丁在《财经与社会》一文中的话，以说明我们在改革开放的路上，每前进一步是多么的困难。

从乡土社会向着现代工业社会过渡的转型期社会，人们的行为，特别是他们行为涉及财经的那一方面，可以用四个字来表明——“短期行为”。

“任何一个理性的人，如果他看到世事如此无常，政令如此反复，人心如此飘摇，他的行为怎么可以不向着只顾一朝一夕之短期利益的模式转化呢？……便是那些有着贵族般高尚品格的人，那些‘毫不利己，专门利人’的人，以及那些天真地相信‘前途是光明的，道路是曲折的’人，正在消亡，正在被无情的、单向度地追索着那一磅肉的夏洛克们吞噬。

“短期行为，这是一条啃噬着我们社会赖以存在的基础的毒蛇。它引导我们走向人与人之间无穷争战的霍布斯丛林，走向文明社会的最后瓦解。……

“财经界的当务之急，便是恢复这个‘信’字；靠人心，靠创新，靠对话和谈判，靠形成制度。否则，金融无望，财经无望，社会无望。”（《回家的路》第 61—62 页）

担心脑袋进水

某天，银行的客服女生接到一个电话："我的银行卡掉了，请问怎么办？"客服女生亲切地告诉对方："请带上您的身份证，尽快到附近的营业厅去申请挂失。"对方说："我为什么要去你们营业厅呢？卡就掉在我脚下，弯腰就能捡起来了。"客服女生停了一秒钟，继续亲切地说道："那我也不建议您弯腰去捡，因为您一弯腰，脑袋里的水就流出来了。"

都说银行里聚集了世界上最聪明的一群人，这个故事可见一斑。银行经营的是钱，挣个存贷利差的钱，防范风险是第一位。做银行的人，脑子不能进水，否则你想挣人家的利息，人家让你血本无归。所以，银行家通常都是精明且偏保守的。

因为玩金融的都是智商最高的一批人，所以如果银行家们以金融的名义，通过所谓衍生创新产品来蒙骗客户，成功率似乎会更高一些。2008 年美国的次贷危机，就是最好的例子，华尔街的精英们实在是玩得太大了，直接影响了全球经济。而最近一段时间以来，中国资本市场的 P2P（点对点网络借款）产品爆仓跑人，各种非法募集案件时有发生，卷款潜逃的也不为鲜见。除了监管方面的原因之外，受骗人的理智出了问题，也是一个重要的原因。

人为什么会受骗？佛家的解读就一个字：贪。因贪而痴，就是脑子进水了。

比方说，如果有人告诉你，你今年借给我一百元，明年我会还你九十八元，估计你的这一百元是很安全的；如果他说，你今年借给我一百元，明年我会还你二百元，这时候你手里的这一百元，就可能不安全了。汪丁丁对此高度总结："人类怎样行动，不仅取决于人类知道什么，而且更主要地取决于人类想要追求什么，后者与激励机制问题有关。"（《回家的路》第 65 页）我想，这是社会学家和管理者都应该认真研读的一条铁律，遵循这条铁律而形成的规章制度，对人的行为一定会起到有效的规范作用。

二十年前的汪丁丁，肯定想象不到现在的电信诈骗如此猖獗，也不敢相信中国的金融机构还有用萝卜章就能签下几个亿担保合同的事情，更不会想到银行会成为高科技犯罪的平台或提款机。

"金融的基础是信用，金融危机当然是信用的危机；信用的危机其实是社会用于评价和传递信用的制度发生了危机。"（《回家的路》第 63 页）

"社会用于评价和传递信用的制度"是什么呢？改革开放之前，中国人没有身份证，只要持有单位介绍信，便可走遍全国。读大学时，有一位同学告诉我，他用江西木材公司开具的介绍信加计委的木材指标证明，就可以只身从黑龙江省发运一车皮原木到南昌，更重要的是不必先付款。而在 1978 年之前，安徽小岗村的农民只要能拿出村党支部开具的介绍信，在外乞讨，就不会受到刁难。那个时候，每个人的信用都来自党组织和政府机构。当然，最重要的社会原因是，那时实行的是禁止人员流动的户籍制度加严格管控的口粮制度，每个人的独立生存空间既小又窄，行骗的人不是没有，是容易被抓，而且行骗对象大多都是只能维持简单生计的无产者。

随着僵化的熟人社会转变为异常活跃的陌生人社会，人与人之间的评价和传递信用机制越来越复杂，已有的骗术都被用尽并过时之后，行骗的创新仍在进行，因为市场经济已经把人的欲望充分释放出来，只要这种激励机制在，谁的脑袋会进水，还真不好说，尤其是老年人，已经被人惦记上了，弯个腰就能捡钱的事，悠着点儿。

积极货币与积极文字

北京大学公益讲座提出“三文主义”：文以载道，美文传道，以文修身。“以文修身”，就是在这个共修的平台，使每一位志愿者能够通过语言表达能力的提升，让自己的生命品质越来越好。

我们时常发现：在听完课或分享会之后，有些志愿者感触良多，并且敢于走上台分享，而一旦拿起话筒，却总是言不逮意，甚至卡壳；有的人回去之后，因现场感觉没有了，就会写不出来；即使写，也只是些空洞的口号。

能够用言语或文字，完整、准确、有逻辑且简练优美地把自己的思想情感表达出来，是每一个人对自己的期许。因为说到底，表达能力是人类以语言为工具的创造性思维的外化。整个创造的过程，会给人带来自信和成就感。这很像市场社会中企业家的创新，不同的是前者用文字，后者用金钱。

企业家看到钱，会产生一种强烈的欲望：让每一个铜板都用在最合适的地方，然后在最短的时间内生出利润。而写作的欲望也很相似：让每一个字都在最合适的地方表达出最适合的意境。两者的共同之处是：通过自由组合作为工具的“钱”或“文字”，实现结果的创新。事实上，正是诸如此类的创新，给人类发展带来了积极的生活意义。

汪丁丁在《积极货币还是消极货币？》一文中总结道：一个社会如果是有希望的、生机勃勃的，那么这个社会的制度，就能够激励和保护每一个人身上潜藏着的企业家才能。（参见《回家的路》第 68 页）

汪丁丁在这里强调企业家才能的重要性，其实是在强调创造企业家的社会制度的重要性。汪丁丁说：企业家手里的钱，才是积极货币。“积极货币”就是积极地追逐着潜在利润的货币，在一个充满活力的市场里，每一块货币都好像长了眼睛，它们的行为如同海洋深处的鲨鱼被微弱的血腥味道从四面八方吸引过来，转瞬间集聚成可怕的力量。正是市场里积极货币集聚的这种令人生畏的力量，使资源从旧有的配置中脱离出来，并被重新组合成为可能。（参见《回家的路》第 67 页）

套用汪丁丁“积极货币”的概念，我引申出“积极文字”的新概念。文字作为工具，学习之后进入大脑，要用时，它会接受指令，然后跃然纸上，这个过程通常叫作“写作”。作者在一定的场景中，思路非常清晰流畅，称为“下笔如有神”，写完之后，简直不相信是自己的创作。文字自行组织在一起，或许就是“积极文字”。

北京大学公益讲座提倡的“以文修身”，事实上就是创造一种场景，让接受我们理念的志愿者，在其中找到思想和情感上的共鸣共振，从而激发出潜藏的写作才能。这件事的确非常有意思！一些很多年不写作或是从小就恐惧写作的志愿者，仿佛一夜之间找回了写作的愉悦和自信。

“以文修身”之所以是可能的，并被一批志愿者所接受，在于推动写作的激励机制在北京大学公益讲座已经形成以下几点。

话题：无论是我们的课程还是分享会，涉及的都是一个个贴近生活的话题，而找到好的话题，是写文章的前提。

内容：所有的话题指向的内容都是接地气的，所以避免了假话、空话、套话，只要随心所欲，真实表达就好。

形式：直抒胸臆，有话则长，无话则短，由一句话，想到一件事，发表一通感言，就是一篇好文章。是为“话、事、感”。

发表：朋友圈、微信群、北京大学公益讲座的公众平台，都是发表分享文章的媒介。写文章是希望人读的，而我们的分享，因为专注于共同的内容，容易受到关注，大家的踊跃评点和积极反馈，有力地增强了作者的写作动力，尤其是定期结集正式出版，起到了很好的激励作用。

生活是很具体的

汪丁丁在《金融危机与转型期文化传统》一文中明确提出：金融与文化之间的关系，并不是一种附庸风雅之类的关系。“这一关系的核心环节就是金融活动所赖以生存的，从事金融的人们的道德观念与道德自律。当道德自律下降到一定程度时，作为‘信誉’的特殊形态的金融就根本无法存在。”（《回家的路》第 70 页）

这让我想起关于汪丁丁的一则轶事：二十多年前，汪丁丁在夏威夷读完博士后，受聘于香港大学，后来又受林毅夫邀请，就职于北京大学国家发展研究院前身——北京大学经济研究中心。

有一天，汪丁丁去逛北京的秀水街。在一家服装店里，他选中了一条两百元的羊绒围巾。当他问店主有多少折扣时，店主看了他一眼说：我们这里是一口价。汪丁丁没有办法，只好付了两百元。出门后又回过身来，以经济学家的思维善意地提醒那位年轻漂亮的老板娘：整条街都是可以打折的，你这里不能打折，会没有竞争力的。

第二年，他再去秀水街，断定那家店肯定关门了。结果那家店不但继续营业，而且生意似乎更加红火。他觉得这不符合经济学的竞争理论。当他把这个故事说给我听时，我告诉他：“我怀疑这家店只是对你一个人不打折。因为那位老板娘一定从你的脸上看出来了：即使不打折，你也会买的。”汪丁丁似乎听明白了我的意思，若有所思地说：“哦，这是有可能的。”

汪丁丁还告诉我他的另一段经历：有一次去到王府井，遇到一个擦皮鞋的小孩。他低头看看自己脚上那双沾满尘土的皮鞋，于是，决定坐下来擦擦皮鞋，顺便也休息一下。他问小孩，擦一双皮鞋收多少钱？孩子说，五十元。汪丁丁犹豫了一下，看着孩子稚嫩的脸，还是坐了下来。他开始计算：这双鞋售价是三千多元，多长时间保养一次，折旧率是多少，感觉花五十元深层养护一次，还是可以的。擦好一只鞋后，小孩提出要先付款，丁丁很顺从地支付了五十元。待第二只鞋快擦完的时候，边上又来了一位中年擦鞋匠。一位过路的年轻人，凑上前问，擦鞋多少钱？两元。汪丁丁以为自己听错了，瞪大眼睛：怎么回事儿？！扭头一看，小孩早已拎着小板凳和工具一溜烟儿地跑远了。他算出来了：留在他屁股下的小板凳，价值四十八元。不知道丁丁后来是否把小板凳带回家，找妻子小李报账，或是留个纪念？

汪丁丁之所以屡屡被人看出“读书人”的破绽，是因为他有一位好妻子——小李。正是这位极其能干的妻子，几十年与丈夫形影不离，把与外界联系的事儿都处理好了。我可以断定，以上这两次外出，他的小李一定不在身边。

中国人的金融观，是建立在金融国有化的基础之上的，“从事金融的人们的道德观念与道德自律”后面是由国家信用来兜底的。所以，中国金融与文化之间的关系，只能是一种附庸风雅之类的关系。十五年前，就有某国有银行的分行请我去协助做企业文化，被我婉言拒绝了。我的理由是：银行的文化大体是对外的宣传，领导层未必自己相信，只是对员工的要求；即使是领导们笃信，下一任能否认同并坚持，都属于未知，所以，耗费精力去做这件事，意义不大。

不过，汪丁丁对于世界金融发展史的概括，却非常精练：我们不能忘记，金融，当它以原始方式与资本主义生产结合在一起的时候，西方社会尚处于“入世苦修的宗教精神”与“享乐至上的攫取精神”相持不下的阶段。西方人在威尼斯时代以来的几百年里，金融像法律一样，是一套规则。从而造就了一批最保守的群体，即“银行家”，成为看重传统道德的资本主义的守门人。（参见《回家的路》第70页）

为什么要“文化入村”

改革开放四十多年来，中国人告别了几千年来的乡土社会即熟人社会。在《乡土中国》一书中，费孝通先生对此有非常精准的描述：乡土社会是一个熟人之间的社会，是一个从心所欲，而不逾矩的社会，是一个规则暗含的社会，是一个抬头不见低头见的社会，是一个生活成员之间互相了解的社会。因为这样的社会是由“一个一个同心圆构成的”，以每一个个体为圆心的社会关系网里，熟悉产生信任，因此乡土社会没有法律，也不需要法律。

过去，中国人守在乡村（也包括 1949 年之后各种形式的“大院”“单位”），生活方式传统守旧。在这样的熟人社会里，大部分事务都是论资排辈。改革开放后，人口流动日渐便利，大家都有了相对的权利和机会，从传统的熟人牢笼走向陌生人市场，这时人们却发现所要面对的，已经是一个个无法用传统道德彼此约束的陌生个体，人们开始体验到普遍的信用危机。

尤其是当市场上出现了传销，出现了“杀熟”现象，“说是兄弟，专坑兄弟”等亲友之间为了金钱而展开的各种厮杀，不断撕裂着人们的人格和价值观，唯利是图、弃信忘义的事情层出不穷，现状惨不忍睹。而金融市场（股市、证券、基金）的风险和腐败现象，一次次地冲击着传统道德的底线，这才是一次真正的文化危机，是中国从传统农业经济转型为现代工业经济过程中，人们无法逃脱的生存尴尬。

如同汪丁丁所说，我们正在经历的，是一种“双重的现代性问题”：“非西方的本土文化传统中的个人，在面对西方技术、知识体系、权利方式以及随着现代市场经济涌进本土社会里来的全部西方的影响时，所体验到的那种‘认同危机’，那种丧失了真实的‘自我’的心理体验，那种对异化的‘变形记’式的痛苦感受，那种找不到‘场景’从而失去家园时的茫然。”（《回家的路》第 78 页）

1978 年，深圳蛇口工业区的工地上“时间就是金钱，效率就是生命”的标语横空出世。此后，中国人对金钱和效率的追逐愈演愈烈。2010 年中国成为世界第二大经济体，与此同时，人们也感受到了之前意想不到的社会关系的紧张。

汪丁丁做过一个自认为是非常过分但却是彻底的假设，描述了市场经济的极致：“人们必须在‘商品等价交换’公式的两端，异化到非人的状态，异化到只服从抽象的金钱驱使和抽象的外在的法律约束的时候，才有资格成为夏洛克那样的威尼斯商人。”

事实上，四十多年后的今天，被裹挟到经济大潮中的个体的生命，大多已经被功利主义、金钱至上的社会价值观所侵蚀。为什么各个阶层都有人感受到生活的茫然、无奈，以及不知所措的痛苦？因为，除了钱，现在我们还可以相信什么呢？正像某电视台所做过的一个节目，参加者都是处于热恋中的男女。当主持人提出，“如果给每人五万元，你们愿不愿意分手？”台下顿时响起一片不屑的笑声。当主持人将价码一直提升到五百万元时，多数情侣，真的已经开始讨论……所以，现代社会流行着一句话：只要钱可以解决的问题，就不是问题。这句话或许还有另一层的潜台词：还有什么东西，是不能用钱来置换的?!

我们的社会，是否还有能力重构自己的道德基础？如果没有的话，那么人与人之间的“信任关系”，将会始终成为影响中国人幸福指数的一个无法回避的问题。这也是二十四字社会主义核心价值观的题中应有之义。

这也是我们试图把北京大学公益讲座引入农村，为精准扶贫之后，捡拾残存的“乡土文化”，结合现代价值理念，创造“文化入村”模式的初衷。现在很多人都在讲乡愁，因为当下的城里人上三代基本都是乡下人。而现在大家讲的乡愁，其实是在城市生活的挤压下，一种既回不去又放不下的情结，热爱和眷念家乡，却又无法回到那里生活。现在流行一句话：三四线城市的人，放不下灵魂，一二线城市的人，放不下身体。其实，一二线城市的人的灵魂同样也无法安放，而文化入村的意义，就是去创造一种可以让人回得去的人文环境，让城市人多一种选择。只是实际操作起来，会有意想不到的困难，我们有心理准备。

为什么总是心不定

大约是在 1995 年的下半年，我读到一本名叫《第三只眼睛看中国》的书，作者是德国人洛伊宁格尔博士，译者王山。这本书的面世，在国内掀起了一场影响广泛的波澜。从专家学者、政府官员到普通学生、平民百姓，许多人都为书中的内容而亢奋。它顿时成为关于中国现实和未来命运的争论焦点之一。然而，随着讨论的深入，作者的来历、该书的背景和创作的意图却扩散成神秘的面纱，引发种种揣测。最后被确定为“伪书”。所谓德国作者，完全不存在。译者才是真正的作者，不过他给自己穿上了一件“洋马夹”而已。

这件事在当时的确闹得沸沸扬扬，但该书的基调，还是支持改革开放的。全书观点鲜明、角度独特，令人耳目一新。其中有一段话的大意是：任何政治家所推行的改革，都会有这样那样的问题，然而最关键是要从整体上来考量，是否因此让社会走向文明和进步，让老百姓从物质和文化上得到实惠。

汪丁丁说：“当整个社会处于全面转型的时候，高速增长不再具有单纯的经济学意义——一张更大的馅儿饼，人人有份。”（《回家的路》第 82 页）然而这个“有份”如何分配，事先是没有预案的。

事实上，改革开放之后的中国社会，呈现出三大特点：一是计划经济向市场经济转轨，权力和资源的分配仍处于摸着石头过河的状况；二是放开社会成员对物质追求的欲望，带来经济的高速发展，也造成了不同行业、不同职业之间劳动者收入的巨大差距；三是在经济高速增长的冲击下，不少人的注意力转向崇尚金钱，对外开放也带来不同价值观的激烈碰撞，形成多元化趋势，中国由此也开始遭遇以往只是西方人才遇到的“现代性”问题。

而当经济高速增长成为中国政府为解决就业问题首要的选择时，造成高速增长的社会机制就成为政治家和经济学家关注的重大问题，至于这种社会机制是否存在缺陷，则是另一个层面的问题。

二十年前，汪丁丁曾提出这样一个问题：“如果腐化能够带来增长，我们可以接受不断复制着腐化的社会机制吗？”

还是让我们用事实来说话：20 世纪 60 年代，韩国经济的高速增长，一直与腐败伴生，直到现在，韩国的历届总统无一幸免都陷入腐败漩涡。这是一种典型的东方病征，与韩国经济学界关于“增长是医治一切的社会病的良方”的观念不无关系，与国内某些专家提出的“腐败是经济增长的润滑剂”观点异曲同工。

对此，汪丁丁在他的文章中并没有做出道德评判，而是把东西方不同的现实情况展示给读者，让读者自己去判断：“西方社会的资本主义市场的实质，是资金对人进行选择，东方社会的资本市场的现状是人对资金进行控制。你可以借此断言，资金对人进行选择是一种‘异化’。不错，正是一种‘异化’过程，以一种超越个人的方式对一切个人实行‘效率面前人人平等’的选择，提高了效率，也加深了人的异化。”（《回家的路》第 82 页）

早就有人说过：“资本主义的每一个进步，同时都是一种退步。”资本的异化，固然使创造资本的人终于在资本面前揭去了温情的面纱，但得到了“效率面前人人平等”的社会机制。而这种“人的异化”与韩国那种典型的东方病征——借了特殊的个人（或家族）的超经济力量对资金实行控制所实现的权贵资本主义相比，是否真的就更坏呢？汪丁丁的答案是否定的！好在韩国的司法机关的确很厉害，而且人民也不会因为一个个总统遭到法律的惩罚而对国家产生怀疑。

好女人，难得

1977年恢复高考，汪丁丁考上了首都师范大学，1981年拿到数学学士学位，继而在中国科学院攻读数学硕士学位，1984年学成之后，又去夏威夷大学攻读博士学位。

入学后，迎来了第一场高级宏观经济学考试。卷子发下来，印度教授告诉大家，这是 eighty minutes（八十分钟）的卷子，可是汪丁丁误听为是 eighteen minutes（十八分钟）。

果然，十八分钟后，他就交卷了，一边不停抹汗，一边说这考试时间实在是太紧太紧。结果，那次他考了八十五分，而且，印度教授事后说，那是最高分。

汪丁丁的智商难免让他带有一种“陈景润式的傻”。我在本书《生活是很具体的》一文中曾爆料两段汪丁丁的轶事。他在转载时加了一段评语：“哈哈哈，梓林这篇揭了我的旧伤，确有其事，许多人读了不信，我确实傻了一些，可能是被小李惯坏了。”他把自己的“傻”归结于妻子对他的宠爱。

而我却认为，汪丁丁在学术界所取得的成就，很大一部分应该归功于那位完全把他当孩子般悉心照顾的好妻子——小李，没有这样一位牺牲自己的时间，把主要精力服务于丈夫并同时培养了一个优秀女儿的妻子，汪丁丁缺乏独立生活能力的事实会对他的学术成就带来怎样的影响是可以想象的。或者说，如果他不能专心于学问，而是精于日常生活，那么他的时间分配肯定要做重大的调整，其智慧的比较优势就难以得到充分的体现。为了成就汪丁丁，上帝派小李来到他的身边。

我想起一段关于冯玉祥续弦的故事。1923 年秋，冯玉祥将军在任陆军检阅使时，原配刘德淑因病离世。冯玉祥将军决定续弦。选择配偶的方法，很为特殊：当面考试，以定成否。他和她们谈话时，首先问对方："你为什么和我结婚？"这句问话，看似容易，但答来却很困难。许多姑娘都落选了。有一天，一位叫李德全的姑娘经人推荐来见冯玉祥，当被问到"为什么要和我结婚"时，李德全爽直地说："上帝怕你办坏事，派我来监督你！"冯玉祥将军对这一回答，频频点头，认为这个女子不凡，随即与李德全女士结为夫妇。

听完了汪丁丁和冯玉祥的故事，再来看汪丁丁的理论阐释，感受一下形象思维与逻辑思维的区别："在家庭的社会学行为当中，最典型的是婚姻。家庭之为基本社会单位，其诞生的古典理由就是婚姻（在'同居'发展成为现代普遍的家庭形式之前）。……婚姻的经济学理由在于不同性别所造成的专业化优势可以通过家庭契约得到充分的发挥。所以，一般而言，生意上成功的男人与温柔而有教养的女人结婚；受过高等教育的男人与控制了丰富资源的女人结婚；事业型女人则与家庭型男人结婚。尽管贝克尔的家庭经济学视角受到了很多学者的批评，毕竟它为社会科学增加了一个视角。"（参见《回家的路》第 114 页）

当经济学遇到哲学

汪丁丁是一位经济学家，但他通常不这么称呼自己。“我或许是中国人里面最喜欢哲学问题的经济学家，但我始终认为我本质上是一个哲学家而不是一个经济学家。与此相反，布坎南是美国人里面最富有哲学气质的经济学家，但他认为他始终是一位经济学家。”（《回家的路》第 144 页）这两个人似乎应该有一次交集。

1998 年 7 月 2 日上午八点五十八分，经过多次的信件往来，汪丁丁和太太小李，以及女儿明明一起，到弗吉尼亚大学正式造访“宪政经济学之父”詹姆斯·布坎南（James M. Buchanan）。

关于这次造访，我们下一篇再介绍。可以想见，两位极具哲学头脑的学者在一起讨论经济学问题，肯定是很有意思的一件事，因为，在哲学和经济学之间交流，话域会更宽泛，顶天立地，纵横驰骋，思想的碰撞会给当事人带来意想不到的精神享受。假如我们也在这样的场合，如果没有一定的学术功底，肯定会觉得很乏味——云里雾里，不食人间烟火。

汪丁丁为什么不把自己定位为经济学家？这让我想起一句话：“不懂科学的人，崇尚科学；懂了科学之后，归于宗教。”我猜测汪丁丁已经把经济学弄透了，经济学已经容不下他的大脑，他必须开疆拓土寻找新的思维场。

还有一个可能，汪丁丁是一个寻求自由人生的人。他曾经对我说过大意是这样的话：不要试图去建构自己的经济学体系，因为该有的已经有了。而且，一个人用一生去建构一个学术体系，是很辛苦和乏味的，一旦建立起来，必须天天去修正和巩固。而我更愿意去写随笔，每一篇都是新东西。所以，汪丁丁没有像曼昆那样，有《经济学原理》这样的影响全球的专著，却出版了很多本随笔集，当然，还有他的自成体系的课程讲义（根据他在北京大学、浙江大学和东北财经大学的授课录音整理）。

其实，在《穿越沼泽》一文中，我们也可以感受到汪丁丁其实已经在给自己的人生做定位了。他认为，现代社会有三类学者。第一类是专业型的，他们分工去研究某个专题而不必关心更大的问题。在这样的制度下，任何人都可以做学问，于是人类知识就以爆炸性的速度积累起来；第二类是通才（或许我就是这类人）。人类社会必须有人研究本专业以外的事情，叫作"跨学科研究"，否则就是"鸡犬之声相闻，老死不相往来"，学术缺乏必要的交往，就无法进步了。

第三类学者是天才。天才与原创性不是一回事，你可以具有原创性，但不必是天才，而天才至少具有原创性。当然，还有一类人属于奇才，他们能够把哲学远见与技术细节结合起来，能够既创立自己的体系，又负责任地把体系发展为严谨的科学大厦，他们是专业家、天才与通才的结合。（参见《回家的路》第 132、133 页）

毋庸置疑，四十多年来，经济学家在中国一直是很火的。尤其是西方经济学的引入，着实成就了一大批人，以至于"著名经济学家"头衔满天飞。我曾经在《经济学消息报》《经济学家茶座》发表过几十篇经济学随笔文章，邀请我授课的单位常常介绍我为"著名经济学家"，让我无地自容！不知道这是不是汪丁丁拒绝称自己是经济学家的又一个原因，因为"经济学家"的头衔已经被用滥了。而且在他对学者的分类中，他并不把自己置于上述第一类，我却认为他介乎于第二类和第三类之间。

而作为最富有哲学气质的经济学家的布坎南以及他的同行们其实常常并不受政治家的待见。因为经济学家总是讲约束条件下的可能发生，政治家要的是决策。美国总统杜鲁门曾经这样调侃经济学家：“经济学家们事事都要做诸多假设，讨论问题时总是说一方面如何，另一方面又如何……”后来，杜鲁门在一个公开场合说：“给我找一个‘独臂经济学家’来。”

据说，英国首相丘吉尔也深受经济学家们的困扰。他曾说：“两个经济学家讨论一个问题，通常得出两种结论。如果其中一人是约翰·梅纳德·凯恩斯，那么结论必有三个以上。”

政治学与经济学是不同的两个学科，政治家与经济学家是两个不同的职业，而哲学是所有学科的最高形式，哲学思维对于政治家和经济学家来说，都十分重要。

谁敢采访汪丁丁

二十年前，汪丁丁是一位在世界各地漂流的学者。而成全他“随意漂流”的力量源泉之一，是他的太太。丁丁曾在书中明确写道：“我这次‘麦加朝圣’式的旅行，若非小李安排起居、行程、路线以及预算，恐怕早已半途而废若干次了。”（《回家的路》第 140 页）

书中提到的“朝圣”式旅行，始于 1998 年 6 月，汪丁丁陆续采访了多位诺贝尔奖的获奖学者，在美国成就了一趟“学术旅行”。更难得的是，他和妻子合著的记叙对经济学家布坎南的造访的美文——《贝蒂》——被收录在本书之中，夫妇间的和谐美好，透过笔端，展露眼前；汪丁丁的严谨治学，此文也可见一斑！

这是一次非常不易的造访。因为布坎南先生的工作室立下的规矩是：学术上不够资格的来访者，一律不见。贝蒂是跟随布坎南三十多年的秘书，汪丁丁要访问布坎南，首先要过她这一关。而为了这次采访，汪丁丁做足了功课，在第一次的邮件中就提出了七个问题，很快，他收到了布坎南针对每一个问题的诚恳回信，令他深受鼓舞；紧接着他再次写信，又提出了八个问题。在此之前，《经济学消息报》总编高小勇善意地向汪丁丁提出了忠告：“采访是对知识分子自尊心的严重挑战，采访者必须时刻准备着可能会被访问对象的漫不经心伤害智力上的自尊。”而对自己提出的问题，汪丁丁充满自信：“相信任何一个热爱真理的人都不会无动于衷。”

透过多次的电话与邮件往来，汪丁丁与贝蒂已经相当熟悉，这位七十一岁女士的弗吉尼亚口音让他联想到《飘》里的人物。她办事缜密周到，回信也给丁丁留下深刻的印象："最后，回答你上次邮件提的那个非常重要的问题：这儿的男士们上班从来不打领带。"从贝蒂的口中，得知布坎南教授很喜欢丁丁提出的问题。

于是，1998 年 7 月 2 日上午八点五十八分，汪丁丁和太太小李，以及女儿明明一起，如约走进了美丽的"布坎南小屋"（丁丁命名），与布坎南教授和贝蒂一见如故，相谈甚欢。

原定三十分钟的采访一直进行了一个半小时。"他是一个如农民那样坦诚的思想家，绝不计较坦诚的批评。我们有时一起探询某个问题的细节，那神情让我想到学生时代在学习小组里与朋友求解习题时的样子。"汪丁丁在文中这么写道。

"女儿明明已经很懂事，她一路上记了不少笔记，还写出几首让丁丁非常中意的诗，并且配上她自己的画，遗憾的是，这些东西都是英文的，译成中文便会失去磁力。我发现，这些获诺贝尔经济学奖的经济学家们，因为都是年过七旬的老人，所以很喜欢孩子。于是明明为丁丁的这次'学术旅行'抹上了一缕淡淡的彩云。"小李这样写道。（《回家的路》第 141 页）

在丁丁采访教授时，贝蒂一直陪同小李和明明参观交谈，透过小李的文字，让我们看到了令人感动的一幕：1986 年底，布坎南教授在斯德哥尔摩诺贝尔授奖仪式后，特意为贝蒂复制了一块诺贝尔金牌——以此感谢她几十年来的服务。

而布坎南的爷爷当过田纳西州的州长，其家族与 20 世纪美国总统布坎南有不远不近的血缘关系，但在布坎南的自传中，鲜有提及。他曾多次强调自己身上的乡土气息和农民性格，而汪丁丁对其哲学思想多层次的深度发掘，在访问中也得到了布坎南的充分肯定。

如布坎南这般年纪与资历的老人，依然坚持每天六点上班，下午五点下班，他热爱土地、热爱劳动、热爱自由，乐于分享。在这篇汪丁丁夫妇合著的美文中，记叙了许多至今读来仍然非常美好的回忆。

文章的结尾这样写道："结束了两个小时的漫步，我一直在思考写一篇随笔，但思绪万千，浮想联翩，结果完成了这篇散文，并且欲罢不能。我深信这也是一种'文体'——让思想展开为思想，让语言还原为语言。"

三十年过去了，我们现在还可以从网上找到《汪丁丁专访布坎南》，全文长达三万多字。

二十年前，汪丁丁之所以可以成为一位真正在世界各地随意漂流的学者，是因为他身边有这样一位女人——小李。借用汪丁丁在《穿越沼泽》中的一段话来概括这对夫妇，应该是恰当的："男人的伟大在于他们更多的只是思考，女人的伟大在于他们更多的只是去爱。男人通过思考来习得智慧，男人经历危险而变得坚毅，女人靠了爱来开发她们先天的智慧，女人的爱因经历危险而变得更加伟大。"（《回家的路》第 126 页）

二十年后的今天，有谁敢以汪丁丁四十五岁时严谨认真的态度和博学多思的功底，像当年拜访七十九岁的布坎南那样拜访如今已经六十五岁的汪丁丁呢？我不敢！趁着在南方度假的机会，只是以老朋友的身份，从他诸多书中的一本——《回家的路》——里找灵感，并写下我对他以及对这个不可言说的世界点点滴滴的感想。

自由，并不等于幸福

北京大学公益讲座的课程内容，既没有高深的理论，也没有繁复的逻辑推理，甚至都是现实生活的大白话，却为什么会得到不同阶层、不同年龄、不同学历和不同阅历的听众的普遍接受呢？

我们的体会是：知识和心灵鸡汤，不是现代人参加交流活动的诉求，至少不是主要的诉求。而且，面对现代生活的困惑，我们需要的往往不仅是知识，更需要智慧。在知识爆炸的时代，并不是知识越多越好。尼采早就说过："哲学必须控制漫无止境的知识冲动，以便开创出艺术。爱、信仰和艺术，是三种远比逻辑更真实的力量。"（《回家的路》第 177 页）北京大学公益讲座从一开始，便重视这三种力量。所以，我们的课程尽可能运用多元化的艺术手段，体现我们"帮助他人成就自己"的诚意，并且表达我们的幸福观："心能转境，决定幸福的是心，而不是脑。"

讲到"心"，就回避不了自由，拥有一颗自由的心，才可以谈得上去"转境"。北京大学公益讲座是志愿者修炼自己的平台，在这个平台上我们尊重每一个人的自由心，这种对别人的尊重，最大的受益者还是自己，因为自己同时被尊重。人只有在受到尊重的环境里，才能让思想自由地发挥，才能贡献真实的分享。这也是我们各地的分享会，在无组织无纪律无收入的情况下还能够坚持下来的内在原因。

邓晓芒说："没有自由感，人的知识再多、力量再大，都是非人。人实际上是在表演自己的生存。自由感无非就是这种表演的沉醉感和透彻感。"（《回家的路》第 177 页）现实生活中，为什么许多人会活得很假？因为真实地表演“自己的生存”，是一件很危险的事情，更别说展示“沉醉感和透彻感”。

而北京大学公益讲座这个非功利的平台，在某种程度上恰好弥补了现代中国人所缺失的纯净空间。在这里，我无意把北京大学公益讲座描写得多么高大上，而是想揭示我们这种逆时尚的做法，何以还能在逼仄狭窄的空间中生存下来的原因，毕竟同时具备“财务自由、时间自由、精神自由”，又热衷于这项公益的人，其实是少之又少，可遇而不可求。

每次课程结束，当我看到听众高高兴兴地接受我们分送的礼品离开会场，第二天又与来自各地、临时聚在一起参加服务的蓝色志愿者挥手告别，欢送他们各自返程回家的时候，我都会由衷感慨：身处这样一个允许我们自由地说与做的时代，是多么的幸运啊！我也默默地问自己，一直这样做下去，还需要我付出什么呢？

在汪丁丁《关于自由的真知灼见》一文中，我看到了哈耶克曾经的警告：“自由绝不意味着幸福，甚至相反，自由往往意味着痛苦的承担。”还读到邓晓芒的这句话：自由“是一个充满痛苦、失望、苦恼和危机的过程。但人要能承担起自己的孤独和绝望，要能经得住怀疑、动摇和信仰的崩溃，这才是中国人最后的希望。”（《回家的路》第 179 页）于是，心中油然生出一股力量：用做到来证明自己曾经以中国人的名义活过。

是的，自由并不等于幸福，但不自由必定不幸福。

只要开心就好

“汪丁丁式的表达”是很多人对这位中国当代最博学的思想者尊敬有加又望而生畏的原因（这句话算是我的刻意模仿）。而让我自己也觉得奇怪的是，阅读他的文字，我还算是比较适应——不敢说轻松，这或许与 1977—1979 年在部队读《马克思恩格斯选集》有关。尤其是汪丁丁的一些精彩论述，我过目不忘。例如这一句：“对于思考者而言，他所说的东西必须是思考着同样东西的人才可以明白；对于言说者而言，他所说的东西必须是针对不同角度的人的思考才有必要。”（《回家的路》第 186 页）我经常引用这段话，并且将其延伸，作为对北京大学公益讲座的讲师的要求，可以这样理解：想办法让听众与自己思考同一个问题，才能进入有效的交流；从听众身上看到自己有必要说的东西，才是真正的讲师。

这一点，还可以扩展出去。

通常，演讲展示的是言路，而言路总是在思路中前行。由于是在现场根据不同思维角度的人的临场发挥，言路出现的跳跃和断想，再借助于形体语言和场景，往往会更活泼更具有感染力。这或许是听演讲比看书更让人兴奋的原因，由此也可以理解为什么某些好的即兴演讲可以整理成文字供人阅读，却因无法呈现当时现场的精彩，而显得缺乏美感。从不同的角度发表有必要的演讲，其真正的难度是对听众心理的现场把握。

思考的深入，离不开必要的交流。但找谁来交流呢？所谓“人生得一知己足矣”，讲的就是在同一时间、同一空间遇上思考同一个问题的人不容易，多数情况下都是“话不投机半句多”。佛家说：不解释，不辩解，是一种智慧。当对方思考的东西与我们思考的不是一个东西时，解释和辩解都是枉然。思考者永远都是孤独的，所以，他们往往选择通过书本与古人神交。

这些年来，一直有好朋友问我：做这件事，意欲何求？我回答说，开心。能让听众在有限的时间内与我思考同一个问题，这件事情的确是让我很开心。还是曼昆那句话：“人生最大的幸福，就是做自己喜爱的工作，并有维持体面生活的收入。”虽然做这件事没有收入，但维持体面生活的储蓄还是有的。这就是我想要的一种幸福生活。

当然，对于上述回答，有的人还是想打破砂锅问到底，我只好发给他由我改编自《菩萨泪》的歌曲《公益行》。(《菩萨泪》是台湾的一位法师改编自霍尊的《卷珠帘》。)

一路上，
静静眺望远方，
细细铃声难断，
真心语，
诉衷肠，
山风轻，
韵悠长，
百草园，
何处君子兰。

心密难藏，
无住于布施，
江天月影独醉，
潮落去，

童相会，
庞愿满腔，
知难为，
一意孤行，
何必说憔悴。

啊，
银河旋转，
宇苍茫，
心在飞，

啊，
星辰难追，
转瞬间，
却已数千岁。

至慧命，
水天难得一色，
梅竹执意双清，
散虑斋，
翰墨香，
独挥毫，
戒定无量，
只等闲，
情满他乡。

必须与时俱进

汪丁丁在《试说“后现代性”》一文中指出：“人的‘现代性’围绕着语言问题展开；人的‘后现代性’，归结为‘失语’。语言总是‘生活世界’的语言，其意义或其歧义，只能在具体生活的情景里提出。”（《回家的路》第 192 页）

在我看来，这句话其实是在突出“具体生活情景”对于构成语言的重要性。现代性也好，后现代性也好，其外在的表现形式是语言，是具体到实际生活场景的语言。北京大学公益讲座是 2011 年创办的。这个发生距中国文人 20 世纪 80 年代中期开始的现代性与后现代性研究已有三十多年。对这些问题感兴趣的尽管仍然是象牙塔里的少数人，但在现实生活中，已渐渐成为茫然前行的中国人回避不了的问题。

关于创办北京大学公益讲座这件事，坦率地说，虽然不算前卫，但的确过于大胆：我们试图在大众普遍失语的情境中，通过重新整合一套语言系统，来表达志愿者对其自身当下生活景况的解读与阐释，从而找到继续生活下去的经济学意义——“对策”或“博弈”。

后现代性的一个重要特点是：“在游戏中，没有人能够控制局面，所有的人都能够影响局面。”用我们志愿者自己的话说：北京大学公益讲座依靠所有人，不依赖任何人。因为我们设计并尝试的这场游戏，希望能让游戏者在持续跟进的过程中，以最小的投入获得远远大于投入的溢出效应。是为谁修谁得。

现代性崇尚简约，而简约从一开始就意味着对效率的追求。一场关于“从生命到慧命”课程，我们尽最大努力，简约成了六个小时（尽管这六个小时事实上是从一个小时逐渐扩展出来的），但是，用语言建构的这个体系，只是为听众打开了一扇门，即我们所谓的：听了一、二、三阶的课程，只得到了 2%，还有 98%，需要在后续的跟进尤其是分享会（付出从分享开始）中去获得。

随着改革开放四十多年来中西文化交流的深入，任何强调一方否定另一方的说法和做法，不论是从哲学的理论意义上看，还是从政治的操作意义上看，或是全民的接受度上看，都是蹩脚的。汪丁丁鲜明地指出了后现代性的本质：“试想，如果我们当真可以打倒自己的传统，实行白话文，进而拼音文，进而抛弃汉赋唐诗宋词，进而忘记族姓名称，进而嘲笑时间……那么，用不了多久，我们也就变成平面人、无根人、空心人、苍白人、死人，等等了。”（《回家的路》第 206 页）面对全球一体化大趋势之三千年大变局，中国人不能只是黑头发黄皮肤的“孤魂野鬼”。

当然，我们所面临的文化问题并不简单。在 20 世纪 90 年代以来的历史情境中，中国的文化保守主义与西方的后现代主义汇合在一起，试图压制中国的现代化进程，它们共同反对的都是“现代现象”，只是给出的路径不同而已。

近年来，有人试图以“振兴国学”为武器，盲目到认为东方传统文化将成为世界文化的最后归宿。这个提法实在令人咋舌。汉语拼音之父周有光在一篇演讲中说道：“世界上没有一个‘国学’，学问都是世界性的，是不分国家的。全球化时代已经到来，我们需要建立与过去不同的世界观。过去从国家看世界，现在要从世界看国家。这个视角一转换，一切事物都要重新认识。”

周有光的坦言，对国人是一个深刻的提醒！中国的先哲圣人，都在说“天人合一”的自然法则，而有些人却偏要一叶障目，把辽阔的中国古代智慧圈起来，自己就狭隘了。打开全球视野，提升思想维度，从浩瀚宇宙的变化走向，俯瞰当今世界的发展潮流，我们才可以真正理解并运用道法自然的智慧。

“不管我们是在传统社会里，还是在现代或者后现代社会里，毕竟我活着，就不能不要求至少在消极意义上的自由；同时我看到别人也活着，就不能不要求‘说’的权利，于是，哪怕一切都是‘游戏’，我还是要说一句悖论式的话：我想严肃地玩儿。”（《回家的路》第207页）

在追求严肃的生活主题之外，是不是还要创造一种形式上的美感叙事呢？我们的回答是肯定的。北京大学公益讲座开讲了近八年，一直在做这方面的探索，而且将继续笃定前行，因为我们想严肃地玩真格的。

传统，肯定不够用

1877年，中国晚清思想家严复进入英国伦敦格林尼治的皇家海军学院学习。留学期间，曾去旁听英国法庭的审判。他惊奇地发现：原告、被告和法官都同坐一室，而且双方律师为当事人辩护，完全不像晚清衙门野蛮与落后的审讯形式。这件事对他刺激极大。回国后，他对朋友说：中国的衙门每天都在为官员谋私利、制造大量冤案，而英国的法庭每天都在为百姓寻求公道、维护公平正义，这样的国家如何不强？一百多年过去了，中国已经融入世界文明，法治建设也在不断发展和完善中。

曾经从一份资料上看到这样一个故事：清朝官员去英国考察。在会议大厅突然咳嗽，一口痰涌出喉咙，四处寻找痰盂，结果还是吐在了人家的地毯上。这让在场的英国人目瞪口呆。记得改革开放初期，我们还可以从电视上看到国家领导人接见外宾的时候，沙发边上都放置了痰盂。三四十年过去了，接待外宾的会场现在早已看不到痰盂，甚至都不再摆放垃圾桶。以上两个例子，可以看出中国在现代文明方面的进步在潜移默化之中，也十分明显且迅速。

我想把鸦片战争以来中国的现代化进程大致归结为四个阶段：

第一个阶段是从19世纪下半叶到20世纪初，即从洋务运动经维新变法到立宪运动，大约半个世纪。

第二个阶段是从1911年辛亥革命到1949年新民主主义革命胜利，这是中国内忧外患不断加深的时期。

第三个阶段是从1949年到1978年改革开放，这是从新民主主义社会经济走向社会主义计划经济体制时期。

第四个阶段是1978年至今，这是社会主义计划经济体制向社会主义市场经济体制转变的时期。

这四个时期的共同点是：追求效率和经济的发展。而“追求效率和发展经济的结果，是以同样多的资源，养活了更多的人口，或者以同样的人口支配着更多的能源。人均能源的优势，终于转化为‘船坚炮利’摧垮了东方‘天人合一’的世界，逼得东方人也生出来了‘求知意志’，也生出来了发展的欲望。”（参见《回家的路》第195页）中国人终于达成了“落后就要挨打”，进而“发展是硬道理”的共识。

当然，发展不仅使中国成了世界第二大经济体，同时也带来了新的“现代性”问题。这些问题自然成为东方文化保守主义者与西方后现代主义者诟病的对象。例如：不计后果的环境污染和竭泽而渔的资源开采，还有消费至上思想所产生的资源浪费，以及将经济指标作为社会发展的重要标准，所有的这些无疑都正在对自然环境和社会道德基础产生严重的负面影响。

中国人自鸦片战争以来，一直想以夷制夷，这只是从技术层面或物质层面努力。但西方物质文明的思想精神基础，对于当时的多数中国人来说，却不甚了解：古希腊的哲学、物理学、生物学，等等，发展了西方科学的智慧；而基督教的契约精神，以及从“上帝面前人人平等”过渡到“法律面前人人平等”，奠定了西方市场经济的道德智慧。后来的科学、民主、平等等现代理念，之所以能够推动人类社会进入一个伟大的时代，恰恰是因为两种智慧被很好地统一起来了。

而秉持东方传统的我们，真正缺少的究竟是什么呢？

科学应该创造敬畏

五四运动以后，科学思想与民主观念开始成为中国启蒙运动的主旋律。在过去的一百年历史长河中，这场启蒙并不十分顺利，科学思想和民主观念并没有植根于我们这样一个有着数千年文化传统的国度，在国民思想观念中只是形成概念意义上的认同和口号意义上的拥护。因此，“启蒙”仍然在路上。

汪丁丁在《科学精神与科学主义》中就做出了这样的判断：一是，在中国传统的与现代的主流思想里缺少科学精神；二是，西方的科学精神在当代中国的主流思想里已经蜕变成了一种可以叫作“科学主义”的东西。（参见《回家的路》第 271 页）

在北京大学公益讲座的第一阶课程中，有一个环节是播放由我们自己翻译和配音的美国科幻电影《宇宙旅行》。有朋友看过之后与我分享：“这部电影就是两千五百年前，佛陀在《金刚经》中所描绘的三千大千世界，传播这样的宇宙观，功德无量。”而朱清时院士在多年前就曾说过：“科学家千辛万苦爬到山顶时，佛学大师已经在上面等候多时了。”尽管科学仍然是极其有限的，但也确实为人类认识宇宙打开了一扇重要的大门。

2014 年 9 月 19 日，我们应邀在北大经济学院为北大的一个讲习班开课。在我们播完这部美国大片之后，就有学员提出质疑：这是你们认为的宇宙吗？我们说，这是科学家观察和研究的结果，通过电脑技术呈现出来的。紧接着，这位看上去五十来岁的学员非常严肃地继续发问：有第三方认证吗？我被他问得一头雾水。人类的发现，怎么去找第三方认证呢？我不知道是否这就是他的职业思维习惯，或是他对科学完全表示怀疑：眼不见的都不相信。

课程中，播放完这部电影，接下来是与之紧扣延伸的互动环节：人是渺小的，所以要谦卑；生命是伟大的，所以要珍惜。很多听众在课后向我们表示：活了这么多年，从来就没有这样思考过人生。

我们之所以这样设计课程，是希望通过艺术化的手段拓展听众的视野，诱发听众对人生观和价值观的思考，这显然比简单的说教更有力量！这也正应了汪丁丁的一句话："我认为，未来的科学应当同时就是'思'，同时就是'艺术'，同时就是对生活存在意义的体验和澄明。所以，我认定真正的科学精神只能基于纯粹的好奇心。"（《回家的路》第 276 页）

北京大学公益讲座的课程设计是基于科学精神的。科学精神与科学主义是有着重大的区别的。关于两者的区别，汪丁丁有一段精彩的论述："对于宇宙万物怀着惊讶，根本不同于把万物看作工具从而可以改造世界的宏伟心态，前者包含着对大自然的某种尊重；后者则预示着理性的狂妄，前者体现在原初的科学精神，后者则导致'科学主义'。"（《回家的路》第 276 页）

人为什么痛苦？

汪丁丁在《性与美感人生》一文中，引述了叔本华的阐述："人生不外就是痛苦，是在欲望得不到满足而发生的痛苦与欲望满足之时突然感到空虚和无意义而发生的痛苦之间徘徊。"（《回家的路》第356页）换成通俗一点的白话：人生，得不到，苦；得到了，也苦。总之是苦。而苦的根源则是人的无尽欲望。这与相当一部分人对性的体验是一致的。

王国维也有这方面的论述：人生既然与痛苦合一，要免于痛苦，就只有从物欲中求得解脱。解脱的途径有两条：一是宗教（求绝生活之欲而得解脱之道），二是美学。在二者共同作用下，以生活为炉，痛苦为炭，铸解脱之鼎，从而使幻影般的欲望不能复生。

汪丁丁对王国维的上述观点，作了一番评价：王国维的这个看法是站在典型的东方立场上来理解西方人的"美感人生观"，其人生观的基调，是要以强有力的意志去压制人的各种本能欲求，也就是孔子的"克己复礼"。所以，更像是宗教的，而非美学的。

汪丁丁进而认为：东西方关于"美感人生"的区别，在于西方传统中，性与美感人生并不矛盾，甚至可以说是融为一体的。因为"性"，就其活动方式而言，必须是个体的，必须在个体生命的要求之下，才获得合法性，个体生命里最强烈的或者可以说永恒的冲动，就是从群体的无差别的平均状态中凸显出来，成为特殊，成为异数，成为对生存意义的自觉。（参见《回家的路》第358页）

"在中国传统中，性却难以被美感人生接纳。这不仅在于王国维所阐述的那种由美术而解脱的方式，是无欲望的生存方式，更在于庄子或陶渊明式的美感人生是个体生命与宇宙万物‘齐一’的生存方式。”（参见《回家的路》第357页）

估计以上论述会被多数读者跳过，因为在东方的思维中，关于痛苦，有另一番解释。

北京大学公益讲座就认为：苦，是一种受。凡是觉得是在受苦的地方，一定是我们的智慧还没有打开。而不苦的地方，是因为这方面的智慧已经俱足了。人生，得也好，失也好，都是要修的功课。痛苦使人长智慧，快乐让人想去付出。而且每一个“发生”都有意义，发生的后面一定是让我们开悟的，不开悟，同样的事情还会继续发生；开悟了，于是就不再发生了。哪有什么“徘徊在得不到的痛苦与得到了空虚的痛苦之间的痛苦”？

在我们看来，人生真正的痛苦，其实与外部世界无关，而是“潜意识的自己”与“意识的自己”严重冲突造成的紧张，是灵魂与肉体之间内在关系的紧张。

在我们的第一阶课程中，有这样一段配乐诗朗诵，揭示现代人当下痛苦的真正原因。

灵魂的守望

你问我，这条路可有尽头？
我说，我会一直陪你走，
就算是地老天荒，
也会守望你的所有，
所有的欲望失望与期望，
所有的渴望盼望与希望。

而你，在孤独的前行中，

还在守望着什么呢？

那叶小扁舟已在雾中消失，
那朵小红花已随风儿飘走，
那次怒发冲冠已不知为何，
那场愁云夜雨已付之东流。

喧嚣过后的寂静心海，
醒悟之后的蓦然回首，
早已忘却浪荡的虚名，
从此放下执着的强求。

只有纯真的微笑
还会映在春天的桃花沟，
只有浪漫的情怀
还会举起金秋红叶的手。

你问我，这条路可有尽头？
我说，我会永远陪你走，
任细雨冲刷往事，
任微风带走忧愁。

就是这样，从过去到现在，
从现在，一直到永久，
守望你的爱与恨，
守望你的所有的所有。

婚姻是修行的道场

北京大学公益讲座，除了三阶主题课程之外，还有二十个专题的分享活动。其中各地慧至堂分享频率最高的一个主题是“亲密与亲子”。该主题之所以如此受欢迎，是因为这的确是现代人所面临的最突出的问题之一。

志愿者通过学习和探讨亲密与亲子关系的内在本质，从各自的亲身经历出发，畅谈处理夫妻关系的得与失，不是讲大道理，而是找原因，所以关于这个主题的分享会，每次效果都很好，大家都觉得非常接地气。

而夫妻之间的伦理关系，说到底是男女双方形成相互控制关系的一个演进的过程。为什么恋爱是美好的，一起生活却不大容易?

汪丁丁在《关于我们人类的下一个一千年》一文中，引述了《塞莱斯廷预言》中的一段话，对男女关系做了这样的表述：“爱恋刚刚出现时，两人都无意识地给对方提供能量，所以两人都感到精神振奋，喜气洋洋。不幸的是，一旦他们指望从对方获得这一情感，他们切断了同宇宙的能量的联系，因而开始越来越依赖于对方，以求获取能量，可是现在又没有足够的能量，所以他们不再给对方提供能量。这样他们又倒退到他们玩的控制剧中……关系蜕化为权力斗争。”(《回家的路》第 386 页）我把这段话的意思再写得通俗一点：婚姻中的男女双方，必须先完成自我，保证自己不依赖对方，也能活得好。这个时候，一个完整的人再与另一个完整的人共同建立浪漫关系，才有可能持续和睦相处，并成就更好的对方。

北京大学公益讲座的分享会，其实就是希望创造一个平等交流、共同成长的平台，让大家在生活中遭遇问题时，有地方并有机会把自己的经历和痛苦都说出来，在这里不仅可以收获坦然面对困难的勇气和支持，还可以一起探讨、相互提醒，给予彼此前进的正向力量。

在这一方面，济南志愿者是做得最好的，他们现在每个星期都开两次分享会，而且多数志愿者都是夫妻共修，还带着孩子深度参与，让孩子和成年人在一起分享家庭中遇到的问题。这样一项公益性的活动，之所以能够坚持下来，并不断发展，就是因为志愿者在交流活动中真正有所收获。济南 006 志愿者许红在朋友圈的分享，很有说服力：

“2018 年济南慧至堂第四期分享会主题是‘关系的圆满’，通过学习，让我更加了解：一份爱，爱到彼此不亏欠，就是真正的圆满。

“在茫茫人海中，我和他相遇。极度外向的我和极度内向的他，在一起永远有不同的话题，而且观点一致，甚至都被他用图形来证明。刚结婚时，我们都劳碌艰辛，现在回想，那段却是最幸福的时光，因为一切都很合拍。

“在别人眼里，我们一直是模范夫妻，但随着时间的推移，他的性格变得更自以为是，还学会了发脾气，而且愈演愈烈。

“在那段时间，我一直在想，到底是哪里出了问题？人是我选的，好坏也都是他了。

“再后来，我接触了北京大学公益讲座，才知道：自由恋爱就是找一个唯一能修理你的人。北京大学公益讲座第二阶‘光明圆融善’是专门删除人们头脑中吵架‘程序’的。后来，他成为北京大学公益讲座的讲师，果然不会吵架了，而我也找回了最初认识的那个他。”

追梦，追什么

二十年前，汪丁丁就指出："现代中国人正在迅速地'市场化'。在这个大市场里突然冒出来许多'贫困的富翁'——精神上的贫困与物质上的富足。用北京人的语言就是所谓的'暴发户综合征'，原本没有文化根底的人，委实担待不起这个'富'字。"（《回家的路》第111页）

改革开放，使中国开启了以经济建设为中心的新长征。然而，"世上没有免费的午餐"，社会的进步，总会带来新的问题，付出应有的代价。对此，汪丁丁看到的是更深层次的原因：相对于计划经济向市场经济的转型，最深刻的是文化转型，中国的转型不同于其他文明，中国文化是悠久庞大的本土文明，转型会让中国人比其他文明承受更多的痛苦。

同时，汪丁丁也旗帜鲜明地认为：不能简单地把道德沦丧和商品拜物教归咎于市场经济。道德基础的缺失才是社会失序的根源。现在，中国人对真善美的渴望、对社会文明进步的渴望，越来越强烈，越来越成为普遍共识。

这让我想起1980年小平同志提倡"做有理想、有道德、有文化、有纪律的人"。他讲这句话时改革开放提出还不到两年。四十年，在历史的长河里，不长不短。如今"四有"新人虽仍被提倡，但"有钱就可以任性"充斥了很多人的大脑。这些人在任性之后，在夜深人静的时候，内在那永远不可能被金钱降服的灵魂，照样会让生命陷入迷茫，因为物质离开了文化，只能给人带来瞬间的愉悦。只有赋予所拥有的物质以文化上的意义之后，拥有者才可以得到真正的幸福。

上帝是公平的，无论人们是贫穷还是富有，生命只有一次，而且非常有限。这是作为人不可逃脱的宿命——因为所有的生命，最后什么也带不走。诚如稻盛和夫所说："不论你多么富有，多么有权势，当生命结束之时，所有的一切都只能留在世界上，唯有灵魂跟着你走下一段旅程。"

2011 年，北京大学公益讲座创办之初，我请志愿者推荐自己喜欢的音乐，以增添授课方式多元化的审美效果。一天晚上，当我听到其中的一首《追梦人》时，感觉这首曲子可以进行文字上的再创作。于是，我闭上眼睛听着音乐，随心所欲地说了一段话。原本在一旁忙碌的妻子，听着听着，不觉停了下来。听完之后，妻子告诉我，音乐与文字很贴切，很有意境，甚至眼前还能出现画面。第二天早上六点半，睡醒一觉的我灵感勃发，于是坐在电脑前，一气呵成写下这首散文诗《灵魂的求诉》——北京大学公益讲座的第一首原创诗歌就这样诞生了。

此刻，你在吗？这是你的灵魂，踏着音乐的旋律，向你走来，对你诉说：

很长时间了，我一直在追赶着你急促的脚步，可是你，却渐行渐远……

我知道，你已经觉察不到我的存在，就像你觉察不到呼吸的存在；

我知道，你很忙，实在是太忙了，忙到已经把我忘掉了。

可是你知道吗？你为什么有那么多的烦恼，并且与日俱增？

让我来告诉你吧，那是因为，你已经把我忘掉！

曾经，我为你插上了理想的翅膀。可是，你现在迷失到哪里去了呢？你已经把自己弄丢了！因为，你把我，弄丢了。

你在追求什么呢？那是你真正的要吗？

你所做的一切，是你的爸妈所期望的吗？是你的另一半所期待的吗？是你的孩子所期盼的吗？

你能有多少理由，还能有多少冠冕堂皇的理由，可以不顾及他们的期望、期待和期盼呢？生命，是用来创造爱的，不是用来迷失的！

如果连这些期望、这些期待、这些期盼，你都可以忘记，那么，接下来，你还能走多远呢？走得再远，又有什么意义呢？

不要忘记呼吸，它与你同存；不要忘记我，我与你同在。

有呼吸在，生命就在；有我在，生命就绽放光彩。

快回来吧，回到我的身边来吧，生命如此珍贵。让我拥抱你，让我和你在一起，让我永远、永远、爱你。

这是你的灵魂，在向你呼唤，在对你诉说……

你听到了吗？

听到了吗？

开悟，是一种偶然

一位在商界很成功的朋友曾给我讲过一个他自己成长的故事。少年时的他，桀骜不驯，在省城的军区大院与一票哥们儿成天混在一起，总是整出一些让老师和家长不高兴的事。有一天，他的班主任兼语文老师找他谈话，他摆出一副满不在乎的样子。老师静静地看着他，轻轻地说了一句："你是一个没有毅力的人。"他冷笑道："我没有毅力？我的名字就叫刚毅，还能没有毅力？那您还真是看错我了。"老师还是轻轻地说："你什么都知道，对错是非你都清楚，只是拿自己没办法。""拿自己没办法"这句话，犹如当头棒喝，一棍敲醒了这位少年。从此，他就像换了一个人。

无独有偶，汪丁丁能成为今天这个样子，实属偶然。小时候的汪丁丁极为淘气，他说那时他们常常从阜成门的家去附近的钓鱼台湖边抓蝌蚪。二年级时，他的老师居然给他起了个绰号——"臭肉"，意思是可以丢掉。直到四年级，他被一个人托住了。那是在一堂作文课上，他的作文竟然受到表扬，被老师当作范文，在全班宣读。这让汪丁丁十分欣喜，他的自尊心被激发出来了，潜能也由此爆发。接下来，数学竞赛第一，语文竞赛第一，各门都拿到了第一，他成为名副其实的"学霸"。然而，人生旅途充满变数，"文革"开始了。十六岁的汪丁丁随知青大军到了黑龙江生产建设兵团，当农民、做工人，一干就是五年。之后，又调回北京做工人。幸好，在他二十三岁时，"文革"结束，紧接着高考恢复。1977 年，汪丁丁考进首都师范大学，开始了他的学术生涯。

以上两个男孩成长的故事，我们不难从中发现一个共通点：只有能够激发学生去进行自我教育的“教育”，才是真正的教育。尽管这样的故事还能举出一些，但是，想想一路遇过的同窗，这样的发生，概率却并不高。因缘是老天的慷慨，是世上最神奇的事情，没有规律，且不可复制。人生旅途中，遇到一位有爱心又有智慧的老师，不容易；而老师要遇到一位开窍的学生，也非常难得。毕竟，通过一句话，一次表扬，点亮一个学生自我教育的火花，不仅需要恰到好处的时机，而且其中的缘分因素再怎么强调也不过分。

汪丁丁在《再谈“启蒙”》一文中指出：“教育正在被重新构造，而教育的教化功能正在被专业化生产‘教育产品’的功能取代。人生越来越成为技术，而非艺术。”（《回家的路》第338页）

技术会创造一种必然的结果，而艺术可以创造无数的偶然。在这些偶然中，我们反而可以发现生命中一些弥足珍贵、稍纵即逝的品质。

北京大学公益讲座与一般知识培训的不同之处在于，我们把这件事做得很轻松，只是在找有缘人。它不是一个技术活儿，而是一场关于艺术的实践，每位志愿者参与其中的分享交流，都是一次次自我教育的过程，这里没有老师，只有“学长”。我们一直相信，追求理想的生活，只有通过自我教育才能实现，而跨入自我教育的最初动力，往往来自发现了自己的成长。

诚如北京073志愿者郭翠萍在其分享文章中所写的：“记得在读书的时候，我最怕的就是写作文。虽然同学们都夸我能说会道，但只要拿起笔来，就什么也写不出来。参加北京大学公益讲座终于让我发现了一个更好的自己。我既能上台朗诵诗歌，也敢于上台与大家分享自己的真实感受，还可以结结巴巴地拿起话筒主持分享会，最最重要的是，我居然能写文章了。2017年11月，在‘深圳福安公益行’的十二天当中，我居然写出了三篇分享文章，并且得到志愿者的一致好评。家人们都很好奇：一个从不愿拿笔的人，这次是怎么了?! 我也禁不住为自己喝彩。”

事实上，北京大学公益讲座近八年的实践告诉我们：创造一个平等开放的平台，将有助于大家在自我教育的实践中找到更好的自己。

做好自己，不怨别人

二十年前，汪丁丁预言：“知识的分裂，每个人（由于分工和专业化）占有与其他人不同的知识，这造成人们价值观念的分野和进一步瓦解了社会的道德共识。”（《回家的路》第 157 页）

这两日，一位知名企业家成了“网红”，因为他的一篇讲话，触动了大家敏感的神经。在最近的一次演讲中，他提道：“现在中国是因为女性的堕落，导致了整个国家的堕落。”此话一出，舆论一片哗然。女性网友们更是纷纷表示懵圈：哪里横空飞来的这口黑锅！当然，在网上为这位企业家辩解的也不乏其人。

任何语言都是有语境的，如果断章取义，往往容易产生误会。这位企业家真实的意思是什么呢？原话是这样的：“如果中国所有女人挑选男人的标准，是男人会背唐诗宋词，那么所有男人都会把唐诗宋词背得滚瓜烂熟；如果中国所有的女人都说中国男人就是要他赚钱，至于他良心好不好我不管，那所有的中国男人都会变成良心不好、但是赚钱很多的男人。一个国家到底好不好，我们常常说在女性就是这个原因。现在中国是因为女性的堕落，导致了整个国家的堕落。”

无独有偶，西方有位哲人曾经说过这样一段话：女人引领着一个国家的风尚，当女人热爱知识时，这个国家就进步；当女人崇尚自由时，这个国家就文明；当女人迷恋金钱时，这个国家就腐化；当女人攀附权贵时，这个国家就堕落。

不知道这位企业家是否读过这段话，或者是在这段话的基础上的发挥？虽然他们俩说的是同一现象，但那位哲人把女人的诉求作为风向标，而这位企业家则把女人的诉求作为风源了。彼此对因果关系的判断是相反的。

尽管现在争论的双方似乎已经掉进了“先有鸡还是先有蛋”的悖论之中，但明显的事实是：大家对国家精神方面的堕落都心怀忧虑，只是争辩究竟是男人还是女人应该对此社会现象负主要责任而已。这不禁让我想起法国著名的思想家伏尔泰的一句话：“雪崩时，没有一片雪花是无辜的。”意思是说，在雪崩的时候，没有一片雪花想要承认，自己是雪崩的罪魁祸首，但如果没有雪花，何来雪崩呢？

海量的知识和信息可通过近乎零成本的渠道获取，使当下社会的价值观念分野更趋严重，进而一步步地瓦解着社会的道德共识。在这样的现实面前，我们可以退一步，暂且不去讨论男人或女人谁应该对国家的堕落多承担一些责任，而是去思考作为个体的我们——每一个男人或女人，是否还有机会为自己的生存环境提供哪怕是一点点正能量呢？

北京大学公益讲座的志愿者们近八年的行动，其实只是在证明：无论男女，我们首先要做好自己，然后才有可能去影响周边的人，与大家一起，共同创造一个属于自己的美好家园，而这一切善良的愿望和行动，其实已经体现在我们创作的这首合唱歌曲《蓝色志愿者》里了。

在中国的大江南北
有一群蓝色的志愿者，
虽然他们普通平凡，
可是他们有一颗美丽善良的心。

他们年复一年，
他们岁岁月月，
声声诵着那坚定的理念，
这理念多么朴实无华，

这理念多么深厚沉静，
这理念字字浸润心灵，
这理念声声呼唤善良，

这理念传送着他们赤诚的爱，
也倾诉着他们心中真实追求。

在中国的大江南北，
有一群蓝色的梦想者，
他们选择了默默前行，
他们对世态炎凉看得清清真真，
他们无组织，
他们无纪律，
要把北大公益做到尽善尽美。

这理念多么朴实无华，
这理念多么深厚沉静，
这理念字字浸润心灵，
这理念声声呼唤善良，

他们甘愿放下名利放下自以为是，
坚信帮助别人就是成就自己，
成就自己。

是的，在北京大学公益讲座志愿者看来，真正的男女平等，是在雪崩来临之前，没有男女之别——你就是我，我就是你。

亲子关系最难修

近日，一位父亲在朋友圈的发文，在网络上广为流传："亲爱的未来亲家：你好！我女儿有房有保险会游泳，年满十八会配车，过年随便去哪家。结婚送车送房，包办酒席，礼金全给孩子！唯一的要求，能不能现在就接走？把作业辅导一下，谁家的媳妇谁来养！"紧接着，网上又爆出"甩卖儿子版"。事实上，这些都是当代中国社会，父母每天要用三四个小时辅导孩子学习，感到筋疲力尽的真实写照，而且其画面极为相似："不辅导时，父慈子孝；做作业时，鸡飞狗跳。"

汪丁丁在《家庭——评贝克尔〈家庭论〉中译本》中，介绍了贝克尔对现代社会生育率持续下降的经济学解释。这位经济学家对父母养育孩子的行为的经济学研究表明：如果孩子的养育必须占有父母时间的一个固定不变的比例，那么，随着经济发展和父母工资的增长，养育孩子便显得越来越贵，从而父母会倾向于养育更少的孩子，并提高这些孩子的素质。（参见《回家的路》第 114 页）

在网络上，我还看到一个数据：目前，俄罗斯每年的出生人口与死亡人口的比例是一比一点二。当然，中国的人口问题，也日益凸显。中国的人口政策已经从控制人口转为鼓励生育。常识告诉我们：在车子已经向后滑行的时候，想要再次启动向前，着实是一件比较困难的事情。对于育龄青年来说，如果生育的机会成本越来越高，少生或不生是必然的选择。

作为理性的工具，经济学之所以好用的一个原因，在于一切社会现象都可以用机会成本来分析。事实上，从中国当下情况看，养育孩子的成本不仅包括父母因生育而放弃的工资成本，还包括（但不限于）不断上升的孩子的衣、食、医疗、教育成本。而这一部分成本，必须通过增加劳动时间来解决，而增加劳动时间的直接结果是减少陪伴孩子的时间，造成亲子关系紧张，耽误孩子学业，甚至给孩子带来心理方面的缺陷。因为，现代教育已经绑架父母，他们如果没有足够的时间陪伴并指导自己孩子的学习或另聘家教补习，孩子很难从容应对目前的应试教育。

2015 年 3 月，我们在深圳创维集团开课。整场课程下来，有位听众一直在抹眼泪，听完课就加入了志愿者。她告诉我们：自己的独生儿子十二岁时开始厌学，这个不争的事实令长期以来学业优秀、事业顺利的夫妻诧异懊恼。在深圳高竞争压力的社会环境中，夫妻俩工作都非常繁忙，面对孩子的状况，他们不得不忍痛花高昂的学费把孩子送到某机构封闭学习，以为从此孩子就能好起来。这个机构的规定是：孩子表现不好就不能见父母。结果八个月后，儿子才被允许见家长。见到孩子的一刹那，三人抱头痛哭，儿子高了瘦了黑了，不但继续厌学，而且还学会了吸烟和网游。

当这位母亲问我该怎么办时，我坦诚地告诉她："孩子不是汽车，坏了丢给修理厂，过一段时间，修好了去取。你误他一时，他误你一世。"后来，她参加了我们 4 月份在桂林举办的第十期三阶课程"幸福是想出来的吗"；再后来，她邀约先生和孩子参加了 8 月中旬在泰山举办的第十一期三阶课程。然后，为了让不愿意回到校园的孩子重新找到生活的目标，她毅然辞去企业高管职务，带着孩子来到北京，在北大附近租房，母子双双成为北京大学公益讲座的全职志愿者，开启了一段奇妙的母子共修的游学生涯。

正如北京大学公益讲座原创诗歌音乐舞剧《慧命之歌》剧本所述："家，是每个生命的港湾，孩子都是降临到人间的天使，从初生的婴孩，到蹒跚爬行，到咿呀学语，我们最终都会长大。我们处在各种关系之中，并祈求圆满，但我们常常发现，最难处理的关系，竟然是与自己最亲密的人之间的关系。面对孩子的成长，需要的不仅仅是倾听孩子的声音，同时还应该追寻自己心中母爱的光明，把孩子还给他自己，让他自由地去飞翔，这样才能与孩子一起共同成就更好的彼此。”

2015 年 11 月 20 日，我与一位北京的志愿者在一起讨论即将开启的延伸课程“母爱的觉醒”。她给我讲述了一件真实的事情。有一次，儿子当着她的面告诉奶奶：“这次考试，我得了全班第一名。”全家人都为他欢呼，非常高兴。

可后来，当她了解到孩子并非第一名时，心里面那个窝火啊，怎么也没想到孩子会对家人撒谎。她非常生气，于是，决定找来孩子，狠狠地教训一番。旁边的好友还在一旁劝慰：“待会儿不要太冲动。”

看着孩子，她强忍着心中的怒火，装出平和的口气问：“你为什么要撒谎？”儿子的个头虽然已经超过妈妈，但他一直低着头，嗫嚅地说：“我是没有考到第一名，当时我就想让奶奶高兴。”那一刻，作为母亲的她，心中扬起的“鞭子”一下落了地，暗自庆幸没有冤枉孩子撒谎的动机，想想倒觉着自己有些惭愧内疚，平时一心都放在工作上，确实忽视了对儿子的陪伴。自此以后，她与孩子之间开始了平等交流，这个发生让她重新认识了儿子，并看到了自己。

由此，我们可以看到，保护孩子心灵的真诚是一件多么重要的事啊！因为，“我们的孩子们，时时处处被父母审视和纠正着‘错误’时，他们可怜的心灵已经失去了隐私权的保护，已经丧失了自我‘审视’的权利。我们难道还没有注意到孩子们正在越来越早地学会撒谎和玩弄家庭政治吗？”（《回家的路》第 171 页）

讲完了与儿子的故事，这位志愿者提议为“母爱的觉醒”写一首诗歌。这不禁让我想起了那一对深圳母子志愿者。那时，他们跟随北京大学公益讲座到各地服务已近两个月，这期间我对他们又有了进一步的了解，以诗歌的形式讲述这一对又一对母子的故事，或许是可以的。我的脑海中闪过这样一个念头。

晚上十点，在回家的高速公路上，我打电话给那位志愿者，告诉她诗歌的标题已经有了，一首是《孩子，真的对不起》，另一首是《妈妈，我想对您说》。回到家里，我就开始找音乐，在喜多郎的音乐光盘中，听到第六首《旅舍》(*Caravansary*)，感觉就它了。于是对照着音乐的旋律，我开始创作。

一个半小时后，我请妻子听我朗读这首最新出炉的散文诗：

孩子，真的对不起

孩子，此刻
看到你熟睡的样子，
我不禁流下了眼泪，
我知道，你在梦中
还在挣扎，还在追问：
妈妈，你为什么会这样？
妈妈，你为什么要这样？

你来到这个世界，
给我带来了
无尽的快乐和幸福，
让我懂得了母爱的伟大。
看着你在我怀里笑得那么甜，
看着你在我身边玩得那么欢，
我会忘记时间，
完全进入无我的状态。
可是，不知从什么时候开始，
你成了我的负担，

成了我的心病，

你开始跟我作对，

我也开始好烦你哦。

我的工作压力，实在是太大了，

而你的学习压力，也越来越沉重，

我没有办法告诉你，

我有多难，

但我知道，你也过得不容易。

我知道，你在成长，

想自己决定自己的事情，

于是，你开始察言观色，

利用家庭关系，改变我的决定。

我知道，你不愿意被我强求，

想拥有更多的自由，

想尝试更多学习之外的乐趣，

于是，你开始对大人撒谎。

可你知道吗，

孩子撒谎，是父母的失败，

所以，那一次，我完全失控了，

我知道，你也惊呆了。

就在那一刻，

你和我，好像相隔十万八千里；

就是从那一天开始，

我怀疑你说的每一句话。

孩子，我的心，好痛！

曾经的幸福和喜悦，

从此，渐行渐远。

想起你天真烂漫的童年，
我不停地问自己，
是不是更喜欢小时候的你。
是你的成长，
让我失去了你，
还是我过于强势，
让你变得不再可爱？
是我恨铁不成钢，
总是啰里啰唆，
还是你开始叛逆，
追求属于你自己的人生？

每当夜深人静，
我一遍又一遍地
在心里苦苦地问自己，
为什么会这样？
难道是我的错吗？

现在，我终于明白了，
这一切的发生，
是对母爱的考验，
考验我，爱你到底有多深，
考验我，爱你有多少智慧。
孩子，真的对不起！
我一直都没有把你还给你自己，
既然把你生下来了，

就应该帮助你成为你自己。

我总是用大人思维
评判你的所思所想，
我总是用对错是非
看待你的言行表现，
我没有倾听的耐心，
却一味要求你必须服从，
我把母爱
做成了你沉重的负担，
我用牺牲
使你带着负罪感生活。

真的对不起，我错了！
孩子，真的对不起！
我知道的太晚了，
现在我已经醒了，
我在等你醒来。

我要擦干你眼角的泪水，
我要再一次紧紧拥抱你，
让我们的心永远在一起，
我不再对你有任何的强求，
而且永远给你充满信任的爱，
让你带着我的爱，
轻松地去飞翔，
去成就一个更好的自己。

孩子，真的对不起！

我在等你醒来。

孩子，太阳就要升起了！

时光回溯至 2015 年 9 月，我们前往海南开课。第一站到了三亚，为某国有旅游公司开讲“慧命之旅”课程。在晚间的志愿者分享会上，我对小志愿者说：“我们所有志愿者都是不吸烟的，你才十三岁，应该戒烟。”孩子求助地看着妈妈，妈妈却用信任的眼光给予孩子莫大的鼓励，孩子当即表示，好，我从今天开始戒烟。我让身边的志愿者拿起手机，再拍一次他戒烟的决定，然后大声地说：“以此视频为证，今后你用你的做到，证明你所说的真实不虚。”看到孩子的转变，参与那次出行服务的志愿者都很高兴。

三亚的课结束之后，我们来到了海南大学开讲，课程结束后，我对孩子说：“你能不能给我一个承诺，把每天网络游戏的时间降下来，跟妈妈商量一下，晚上分享会上告诉大家。”后来他妈妈告诉我们，孩子晚饭后散步时，真的很认真地和她商量，希望把网游时间降到六小时；妈妈说，郭老师肯定不会同意。他咬咬牙，决定降到每天四小时。

在分享会上，当他说出四小时的目标时，大连的志愿者很不高兴，当场指责这位母亲：“有你这样当妈的吗？居然让孩子每天玩四个小时的网游？”看到母亲被人当面数落批评，儿子的眼泪唰的一下迸出来，猛地起身冲出了会议室。我让这位母亲赶快跟出去，并转头对大连志愿者说，他现在每天玩网游的时间是十六个小时，能答应减到四小时已经是很大的进步了啊。大连志愿者马上道歉说：“我真不知道原来是这么回事，让孩子伤心了，让妈妈受委屈了。”这件事对孩子的触动特别大，逐渐地，他从四小时到宣布彻底戒掉网游。母爱的力量开始融化孩子对网游的迷恋。

2015 年 10 月中旬，母子志愿者跟随我们一起走进华东交通大学、江西财经大学、赣西戒毒所、赣西监狱、江西省戒毒局和江西省未成年犯管教所，以饱满的热情参加课程服务。尤其是在赣西监狱给服刑人员召开专题分享会的情形，让我们印象深刻。主持人即兴邀请这位十三岁的孩子上台分享。没想到小家伙上去后，面对四百位光头服刑人员，非常淡定流畅地讲述了他跟随北京大学公益讲座的来龙去脉，博得台下热烈的掌声。走下台来，他对着母亲和我们说："今后我一定要做个好人，不要因为做错事，到这个没有自由的地方。"

2015 年 11 月 21 日，我带着刚刚完成的《孩子，真的对不起》的打印稿，来到我们位于北大经济学院的二二八室——北京大学公益讲座的办公室，让深圳的这位母亲志愿者听着音乐朗读。她读完后，泪流满面，泣不成声，站在一旁的儿子，更是情不自禁地抱住了妈妈。是的，"母亲，是孩子最安全的庇护所，孩子，是妈妈全部的爱。当母亲心中的太阳，再一次升起，母爱的温暖便带着智慧的光芒，把对生命意义的理解，对生命传承的理解，对因果相续的理解，对生命效能的理解，融入彼此的生命，并一同升华，这个时候的母爱才具有了穿透人心的力量，并且成为创造力量的力量。母爱的觉醒是世界上最伟大的觉醒，只有母爱觉醒了，才能听到孩子的心声"。（引自《慧命之歌》剧本）

2015 年 11 月 22 日，我们志愿者一行搭乘北京至井冈山的飞机，前往江西吉安监狱开课。上午八点的航班，因北京下大雪，直到晚上八点，才通知取消航班。这雪下得实在太大，前序积压了很多航班，第二天是否能正常续飞，我们心里没有底，于是决定退票，改乘火车前往江西。在机场办理退票手续时，我坐在一旁，拿起手机，在收藏夹里找到了预存的"二十首经典小提琴曲"，当听到《天堂电影院》的插曲《爱情主题曲》（*Love Theme*）时，一下子找到了灵感，于是，告诉办手续的志愿者，我要先打车回家写诗了。

回到家里打开电脑，伴着音乐，当晚写下了《妈妈，我想对您说》。第二天上午，我们志愿者一行踏上了开往井冈山的列车。24日上午到达吉安监狱，下午和晚上为干警献上了第一阶和第二阶的课程。就是在这次课程上，母子二人首次联袂朗诵了《孩子，真的对不起》和《妈妈，我想对您说》，让所有听众为之流下了感动的眼泪。

妈妈，
每当我看到您，
我就什么也不想说了。
因为从您的眼睛里，
我看不到曾经的信任，
因为从您的脸上，
我看不到曾经的温暖，
看到的只是
您强忍着的愤怒
和由内而外的抱怨。

妈妈，
我知道，我没有您想象得那么好，
为了不让您生气，
我一直活在恐惧和不安之中，
每天期待着您晚一点回来，
第二天早一点出门，
这样，可以让我多一份清静。

妈妈，
我们过去在一起
可不是这样的，

您的脸上，永远是阳光，
您的眼里，装着满满的爱，
而现在，您阴沉的脸
在告诉我，您在为我纠结。
我知道，您已经对我失望，
因为我不可能实现您的梦想。

妈妈，
我真的好爱您，
没有您，
我就不可能来到这个世界，
就不会知道母爱是这样的伟大。
妈妈，
我多么希望您，
还能像看到我的第一眼时
那样喜悦、满足、自信。

妈妈，
我想对您说，
我是您生命的延续，
我身上流淌着您的血，
我们的心永远在一起。
所以，我知道，
只有让自己好，
对方才会好，
没有对方的喜悦，
就没有自己的快乐。

妈妈，

我真的好想让您，以我为荣，

但最后的结果，

未必是您设计的那个样子，

因为，我走不了您的老路，

因为，我有自己的功课要做。

只是请您对我放心，

只是请您为我祝福，

我会用您的爱激励自己，

不断走向光明，

学习圆融，

坚守善良。

妈妈，我真的好爱您！

正如汪丁丁在《为了瞬间的永恒》一文中写道："做父母的都知道，世上没有比孩子更让人牵挂的了。而谁能生活在时间之外，真正拥有永恒呢？孩子和上帝！"（《回家路上》第351页）

改变别人，不可能

列夫·托尔斯泰说："大多数人想改造这个世界，但极少有人想改造自己。"汪丁丁则从另一个角度提出，改变别人是不可能的："历史的辩证法或逻辑的历史展开，是无法预先知道的；知道历史的唯一途径就是经验地随着历史展开。唯其如此，没有一个人可以为他人决定生活方式和个人史的展开。"（《回家的路》第327页）

北京大学公益讲座第一阶课程的开场白如下：

为什么，相同的生命，会有不同的遭遇？这个问题，已经超越了"公平与效率"讨论的范畴；为什么，相同的遭遇，因为不同的生命做出的不同选择，然后，各自得到他相应的结果，不论是接受，还是不接受，是愿意，还是不愿意。所有的生命，都是赤条条空空而来，然后又赤条条匆匆而去……

每一个人来到这个世界，都有自己的功课要做，至于到底该如何做好属于自己的功课，其实，上帝从一开始就把这个权利——自由意志——交给了每一个人。正是因为有了自由意志，生命才变得有意义，同时，才有可能让我们看到精彩纷呈的世界和命运各异的不同人生。（突然想到一个问题：是否应该赋予机器人以自由意志？一旦赋予，其后果将会如何？）

每个生命都是带着使命来到这个世界的，而且每个生命又都被赋予了自由意志，那么，在人生的舞台上，大家尽可以粉墨登场、各自倾情演绎，这或许可以为“人生有意义”的结论做一个注脚。然而，人生永远充满戏剧性，人们常常不自知地导演并主演着一幕又一幕悲喜剧。其实托尔斯泰早就警告过我们——最需要改变的其实是自己。但仍然有不少人为了改变别人，不惜代价把这个人娶回家或嫁给这个人，妄想着结婚后非让TA改变成自己想要的那个人。于是，一场又一场的爱情和婚姻的悲欢离合一直在我们身边发生。

北京大学公益讲座的志愿者接受托尔斯泰和汪丁丁的忠告，以改变自己为修行的目标，处理人与人的关系时，不求缘，也不攀缘，只是随缘。因为，既然每个人都“领到”了自己的人生功课，那也一定有适合个人的修行方式，所谓“条条道路通罗马”“八万四千法门”，就是要充分尊重每一个生命去展开各人的历史。正是在这个意义上，我们所做的公益，不是为了表现我们在“对别人好”，而是希望我们所做的这件事“对人有帮助”。这两者的区别在于：前者强调的是主观动机，有一种非让对方接受不可的强迫性；后者强调的是客观效果，给予对方一种接受与否的自由选择权。其实，佛家早就说过了：人不可执着，不可不执着，不可太执着。

基于上述对“人我关系”的认识，北京大学公益讲座创立之初，就提出：我们一定要“放下自以为是”来做这样一项公益，千万不要以为是在做一项公益，就把自己放在道德的制高点，傲慢地对待身边的人，自负地奢求得到社会的支持和理解。在现实生活中，道德如果成为一种对别人的要求，容易产生压迫感而造成关系的紧张。所以，北京大学公益讲座所倡导的道德，是志愿者对自己的约束，而不是对别人的要求。

我们也常常提醒志愿者：做公益最大的风险是道德绑架，自视高尚而让高尚蒙羞是没有智慧的表现，用佛家的话说，这叫“火烧功德林”。不仅如此，北京大学公益讲座在强调道德自律的同时，充分注意到了，给予所有接受我们服务的生命以最大的尊重，百分之百地为大家提供免费服务的同时，还要百分之一百二十地感谢人家给予我们为他们服务的机会。

而我们之所以这样想，这样去做，是可以找到理论依据的：英国思想家约翰·洛克（1632—1704）从不高扬人的道德，因为每一个人都有每一个人的道德观，道德观是个体的，也是群体的，个体的道德千姿百态，群体的道德也是基于底线的道德。底线的道德，就是要尊重每一个人的生命。而在群体中高扬道德，尤其是推崇高尚的道德，那无异是破坏了每一个人的道德生命力，使每一个人在高尚的道德面前失去了做人的尊严。

录入上述这段文字的时候，脑子里想到的是：北京大学公益讲座哪有什么创新，不过是在重复前人的思想而已。如果还有什么想法自认为是创新的话，那是因为书读得太少。

想好了，就不用想了

“哲学是一种永无休止的探讨，任何事情都可以被哲学式地追问，永无休止地追问下去。哲学家最深层的焦虑就是要去理解事物终极的原因与基础。我们信仰和伦理选择的基础是什么？我们推理和判断准则的基础是什么？心与物、时间与同一性、因果关系、知识、自由意志、真理、知性，这些东西的最终基础是什么？最后，我们如何能够将所有这些观念结合起来，构成一个有意义的整体？以及在这之外还有什么东西是更值得思考的？”（《回家的路》第 334 页）

我将汪丁丁上述观点，用更通俗的方式来表达，以诠释为什么在 2011 年我选择了创办北京大学公益讲座。这是根据“荷兰好声音”获奖歌曲《是你鼓舞了我》改编的，标题改为《是你们让我知道》。

生命是一次寻找，
寻找那个真实的自己，
人生最后所拥有的，
只是经历一次的机会。
生命中的每一个发生，
其实都有非凡的意义，
需要用心去感悟和洞察，
而成就自我的过程
其实是转识成慧的过程。
我们只需等待，

等待与有缘人的相会，
而他们，一直都在。

当我迷失自己的时候，
我的灵魂
是那么孤独寂寞，
当烦恼袭来的时候，
我的内心
是那么无可奈何。

我默默地伫立在风中，
静静地等待新的希望，
直到志愿者来临，
你们用心和我在一起。

是光明照亮了我，
让我重新找回真实的自己，
是圆融启发了我，
让我从此笑看人生风雨。

在善的引领下，
我学会接受所有的发生，
与你们同行，让我知道
只有自己才能成就自己。

珍惜生命的伟大，
每一颗悸动的心，
都为到达慧命而跳动，
听到灵魂的求诉，

我感受到了生命的奇迹，
我甚至热泪盈眶，
因为有善良，
我看见了慧命的永恒。

2018 年 11 月 25 日，大余实体慧至堂正式启用，这是继北京、济南、芹洋实体慧至堂之后的又一个志愿者的精神家园。大余志愿者希望我给慧至堂启动日的专题分享会拟定一个主题，我给出了四个字：慎终如始。

只有“想好了，不用再想”的人，才能将一件认定的事情一直做下去。为什么有些事情会虎头蛇尾半途而废？往往都是因为中途出现了以“可是”“但是”为说辞的种种理由，于是也就心安理得地放下了。所谓“不是我不小心，只是环境难以抗拒；不是我存心故意，只因无法搞定自己”，讲的就是这个意思。

《孟子·梁惠王下》早就告诉我们：“君子创业垂统，为可继也。”北京大学公益讲座是一个非政府非营利的自修项目，能够继续下去，取决于一群人是否能从中受益，并且愿意让更多的人也从中受益。因为在我们的社会生活中，凡是能留传下来的，一定是可以让人受益的。当然，让人受益的，未必都能留下来，毕竟传承需要智慧，也需要有智慧的有缘人。

大余 133 志愿者吴桂玉在“大余实体慧至堂启动日暨 2018 年大余第二十四期分享会”结束后的当天晚上，一气呵成完成了分享文章《执愿而行》，文中写道：

“大余实体慧至堂仅仅用了十九天，以不可思议的丫山速度，把一个杂物成堆的毛坯房仓库，变身成了温馨暖人的志愿者的精神家园。这让大余的每一位志愿者都感到无比欢欣鼓舞。实体慧至堂的落成，让志愿者有了一个新家，一个安放灵魂的精神家园。

“今天，来自大余、南康两地的六十余位志愿者及亲友团见证了这个具有里程碑意义的美好发生。在以‘慎终如始’为主题的分享会上，大家畅谈跟随北京大学公益讲座后，为了成就一个更好的自己，开始学习内求，努力寻求改变，从甘愿付出到享受付出，终于见证了，只要自己好了，身边的人也好了。

“室内分享完后，大家移步慧至堂专属的空中露台，切开了有北大徽标的‘生日’蛋糕，庆祝这个值得铭记的零岁生日。并共同发愿：今后每周六下午，固定举办分享会。

“‘19’是北京大学公益讲座的吉祥数字，寓意‘要久’。历时十九天装修完成的‘大余慧至堂’是老天巧妙的安排，时刻提醒、激励着我们要将北京大学公益讲座这件事长长久久地做下去。而今天又是一个新的起点，大余慧至堂扬帆起航，大余志愿者将执愿而行，走得更坚定，走得更远！”

科学有道德底线吗？

这两日来，惊爆世界的一件事，不是俄乌刻赤海峡冲突，也不是英国脱欧，而是地球上首例免疫艾滋病的“基因编辑婴儿”在中国诞生了，而且是双胞胎。

汪丁丁在《锁入效应与“英雄史观”》一文中指出：“生命必定完结的一个必要条件就是其环境的不确定性。只要我们是必死的，我们就没有理由相信未来是可预知的。人的理性，在他所处的不确定的世界面前，如此渺小。当然人的悲剧之一，在于它凭了如此渺小的理性，还要执着地去追求真理。”（参见《回家的路》第 268 页）

科学是真理的一部分，但科学是有道德伦理底线的。当有人对名利的追求，超越了道德伦理底线的时候，必将危及我们当下这一拨智慧生命在这个星球的生存。六千五百万年前，地球上有过一拨智能生命，证据是：在法国境内发现了那时提炼过的铀的矿渣。

难怪令霍金最担心的是：未来的有钱人会花钱变动子女的 DNA，从而创造出有更好基因的“超级人类”。“超级人类”相比普通人类将提高智力和寿命，甚至对疾病的抵抗力都会增强。据霍金预测，“超级人类”一旦出现，没有改善基因的普通人将面临毁灭性的灾难。这就是科学界一致对“基因编辑婴儿”持否定态度的根本原因。

“因为没有人知道人类未来的生存境遇是怎样的（所以人是必死的）。”因此，汪丁丁得出两个推论：“一是，只有鼓励人们在一切方向上探索和创新社会，才有最大的生存几率。”这个推论，应和了霍金的担心：创新社会很可能会因为一部分创新者的成功，而使普通人面临毁灭性的灾难。“二是，我认为应当承认：历史是英雄人物创造的。”这也应和了霍金的担心：今后地球上只适合少数英雄居住。西方科学家已经做过实验：被编辑过基因的蚊子，第八代就没有了雌性，一个族群就消失了。

为什么这件事情会引起国内外科学界的广泛关注和强烈反对呢？从科学上说，这俩“人造孩子”本身其实完全健康，并不需要被修改基因，更让人担心的是：她们并不一定能避免感染艾滋病毒，而完全未知的突变却随时可以发生，甚至可能在八代十代之后！总之，风险远远大于可能的受益。

需要指出的是，这次做的所谓能“治愈艾滋病”的敲除 CCR5 基因的操作，并不是操作者期望的那样，是值得炫耀的科学技术创新。2012 年，基因编辑技术 CRISPR 诞生以后，全球成千上万实验室都会用，但为什么其他的科学家没有直接用在人的胎儿身上？因为他们对技术的安全性还存有疑虑，对生命还存有敬畏，他们还有强大的伦理监管和惩罚系统。真正优秀的科学家，总是尝试做别人做不到的事情，而不是做别人不敢做的事情。科学最后的底线，就在于不该挑战“人性”。

英国浪漫主义诗人拜伦曾说过：“在这专利的年代，各种新发明——无论是拯救灵魂，还是伤害肉体，一律被说成是出于一番好意。”

科学家把原子弹和化学武器都造了出来，霍金却把对未来的担心留了下来，自己在另一个世界观望人类。即使七十亿地球人减至十四亿，每个人活五百岁，对于宇宙来说，也不过是一颗尘埃上刹那间发生的偶然事件。

当一件巨大的事情，缩小成一粒尘埃时，其原本的意义会趋于消失。当一件很小的事情，无限放大之后，其原本的意义也会消失。

我想起 2012 年 7 月在深圳银湖“中国脑库”开课的一段经历。

上完一天课之后，一批新加入的志愿者与我们一起开分享会。一位清华大学毕业的企业家告诉我们：在今天课程的“飞天”的环节中，他感觉自己的确到达了银河系的上空，俯瞰整个银河系在眼前旋转，然后，随着音乐渐近尾声，银河系开始缩小，一直缩到一颗绿豆那么大，钻进了他的心房，那一刻，他流下了眼泪。

科学的历史只有三百年，人类的进化史三百万年，地球的历史四十六亿年，如果把四十六亿年当作二十四小时，那么人类是从这二十四小时的什么时候开始进化的呢？是二十三时五十九分五十八秒！而科学的历史是这两秒钟的万分之一。汪丁丁在《人生圆桌话题》的最后一段写道：“如果你明白俄狄浦斯的悲剧性在哪里，你就会明白：科学最终是人类的一个悲剧。”（《回家的路》第 348 页）

教育，谈何容易

2012年3月，我们应邀到海口为海南华侨中学开讲一阶、二阶的课程。课后，不少同学围住我们，报名加入志愿者。看着一张张豆蔻年华的青春面庞，我被深深打动。在讲完六小时课程之后，学生们热情高涨，我们临时动议：晚上为他们加开一场分享会，希望在离开海口前，有更多时间与孩子们交流。

在学校食堂简单就餐后，我们被邀请到一间教室，不一会儿，来了四十五位“新志愿者”，还有校长和几位班主任老师。

分享会上，同学们果然敞开心扉，争先恐后上台分享。有一位小同学上台后很激动，哽咽半天，说不出话来，在大家掌声鼓励下，才说出：“我今天终于看到真人了！”我当时听了心里咯噔一下，于是回过头看了一眼坐在后排的校长和班主任，他们也显得十分惊讶。

分享会结束时，一位女生怯怯地走到当天讲座的主持人身边说：“我可以叫您一声妈妈吗？”看来她是被志愿者的诗朗诵感动了。得到的回答是：“可以呀！”女孩叫了一声“妈妈”之后说：“我可以抱抱您吗？”“好呀！好孩子，妈妈抱抱你。”这时，十多位男生女生都拥了过来，嚷着：“我也要，我也要。”

我站在远处，眼角已经噙满泪水：这群孩子寄宿学校，在拼命读书的同时，缺少母爱呀。分享会结束后，我们回学校对面的酒店，孩子们依依不舍，簇拥着志愿者，非要送我们到酒店，并一直问：“你们什么时候再来？”

我跟校长走在一起。校长说：“现在十四五岁的孩子，已经开始戴上盔甲，不会和我们说心里话了。没想到你们用三个小时，居然令他们敞开了心扉。真是奇迹！”

参加服务的志愿者被孩子们的真情点燃，一路与孩子们交流，一路鼓励他们做一个光明圆融善的人。到了酒店门口，要说再见了，孩子们围着志愿者：“我们还要抱一抱，我也要抱一抱。”这场景真是让人终生难忘。

回到酒店，大家还是兴奋不已，继续分享。有位深圳志愿者告诉我们，她的儿子有一天回到家里，告诉她，当天被老师叫到办公室挨批了。老师语重心长地对他说：“你都这么大了，还不会撒谎，以后毕业走上社会，该怎么办？！”他的这段真实的分享，估计是教育局来学校视察时，儿子无意间实话实说，没有“配合”好检查。当孩子们看出大人们都在“玩假”时，他们会做出什么样的人生选择呢？

汪丁丁在谈到“才能与人品，真诚与虚伪”时，有这样一段精彩论述：“在我们这个无神的文化里，我们每个人虚伪的次数都比真诚的次数多得多，从而受到的伤害也加倍地多。我们不喜欢真诚，因为借着我们文化的骨子看出去，这个世界上没有比真诚更加荒唐的事情了。我们回避荒唐远甚于回避虚伪，于是我们的神说：要有虚伪，但不要有极端，这也定义了我们的‘人品’，却在多数场合扼杀了我们的才能。”（《回家的路》第 347—348 页）

2013 年，汪丁丁认为：现代教育的双重困境，“其一是教育的内容的抽象化与儿童心智的具象化之间的冲突，其二是教育的形式的个性化与规模经济要求的标准化之间的冲突。我们的教育之所以变得危险起来，不仅是因为现在是人心不古，金钱第一，教育者全都认钱，还因为引进了西方的公立学校的体制。教育总是意味着将一种观念加以强化。面面俱到的教育，即便不是不可能，也已经失去了‘教育’的目的。教育者总是不得不替受教育者做出选择。”

北京大学公益讲座之所以能引起孩子们的共鸣，是因为我们在讲真话，而且从形式上我们一直强调并坚守非灌输的原则，只是与听众分享。我们一方面回归真实的自己，一方面用真诚的付出做对人有帮助的事情。因为真实才有力量。做我所说，说我所做，真实不虚，脚踏实地，才能走得更远。

教育是一门艺术，一门自由选择的艺术。北京大学公益讲座更愿意与有缘人一起，在自由状态下思考，在思考中享受自由。

一不怕死，二不怕麻烦

人生其实只有三件事：自己的事，别人的事，老天爷的事。自己的事，只有自己做，依赖别人，终究是没有好结果；别人的事就是别人的事，当别人需要帮助的时候，我们有能力就给予帮助，但无论如何都不能强加于人，否则，好心也未必有好结果；老天爷的事，只能听天由命，相信“所有的发生都是最好的安排”。如此看待人生，天下本无事，做好自己就好。

当然，尽管如此，人活在世上，还是有两怕：一是怕死，二是怕麻烦。怕麻烦的生命最终还会遇到一大堆麻烦，最终也无法逃避死亡的到来。而对于有些人来说，最可怕的还不是死亡，而是面对死亡来临时，突然发现自己从未以自己想要的方式活过。当然，如果知道结局，是不是每个人都有勇气重新开始？而再来一次，是否一定会爱我所爱，行我所行，听从我心，无问东西？

事实是，太多的人，在即将离开这个世界的时候，才如梦方醒，发出这样的感慨：啊！原来一切都是自己！怨不得天，怨不得地，怨不得这个社会，也怨不了这个时代，怨不得所有的人，尤其不能怨父母——父母配我刚刚好！叫作不能“怨天尤人”。只是醒悟得太晚了，一切都过去了，来不及了，没有时间了，没有机会了。也有这样一些人，当他们知道自己的生命即将结束，回顾所经历的一切发生，心中怀着莫大的遗憾：早知今日，何必当初！终究，人会了解：生命没有如果，只有结果和后果。

古希腊有个著名的哲学命题：你是愿做痛苦的苏格拉底，还是乐意做快乐的猪？苏格拉底因为思想而痛苦纠结，猪却因为浑浑噩噩而快乐无比。

英国哲学家约翰·斯图尔特·密尔（1806—1873）的《功利主义》一书中有一段话："做一个不满足的人，胜过做一只满足的猪；做不满足的苏格拉底，胜于做一个满足的傻瓜。如果傻瓜或猪对此不理解，那是因为他们只知其一，苏格拉底则是知己知彼。"

在北京大学公益讲座创办之初，我就深知这是一条不归之路，而且在这条路上所有的遇见，我们都将欢喜接受，并坚信：在回家的路上，只要方向是对的，每走一步，都会离家更近一步。诚如汪丁丁在《通向"林中空地"》一文中所述："尽管这片密林里有许多条这样的小径，尽管你所走的这一条也许没有尽头，或者，你也许对终于找到的一块林中空地感到失望，但我相信这经历本身将向你证明它是值得你去经历的。"（《回家的路》第 331 页）

北京大学公益讲座也是一块"林中空地"。我们并不知道志愿者会从哪条不同的小径来到这里相聚，从 2011 年创办至今，十几万受众中，有近万人穿上蓝色志愿者服，与我们同行。其中有企业家、白领、蓝领、学生，等等，现在能够经常参加各地分享会、关注我们公众平台的有数千人。在嘈杂纷繁的世界里，能有这样一块净土，停下脚步，静下来听听自己的心声，实属难得，虽然这里不能解决大家的所有问题，但仍然值得珍惜。

我们曾经改编了苏联歌曲《小路》的歌词，并命名为《公益之路》，这首歌可以表达我们全体志愿者走在这条路上的情怀。

一条小路曲曲弯弯细又长，
一直通往光明圆融善，
我要沿着这条细长的小路，
跟着北大公益走四方。

纷纷雪花掩盖了我的足印，
前行脚步总是伴着歌唱，
我要沿着这条细长的小路，
跟着我的心儿追逐阳光。

漫漫长路修炼了我的意志，
每次做到都是坚守信念，
我要沿着这条细长的小路，
脚踏实地践行智圆行方。

幸福是幻觉吗？

“多元意味着‘复杂’，竞争意味着‘生命’，自由意味着‘思想’。”（《回家的路》第 295 页）即使这个世界的趋势是逼迫人们以金钱来衡量每一个人的价值，却还是无法让人们放弃思考。于是，我们活在思考中，并在思考中活着……

在人们对生命的系列思考中，有一个话题是绕不过去的——关于幸福。于是，北京大学公益讲座开设的课程中，通过第一阶“从生命到慧命”（六个小时）和第二阶“光明圆融善”（六个小时），再进入第三阶“幸福是想出来的吗”（三十个小时）。而第三阶的开场，是一段配乐诗朗诵：

为什么，相同的生命，有的人幸福，有的人不幸福？

为什么，人人都追求幸福，却有人，身在福中不知福？

为什么，吃苦是了苦，承担是智慧；惜福才有福，享福是消福？

人的幸福是基于肉体和物质享受，还是基于欲望和精神的满足？

幸福是一种感觉，还是一种感知？如果是感觉，每一个人都会有不一样的感受；如果是感知，幸福就应该有标准答案，可以写成教科书。

幸福是一种感觉，还是一种幻觉？如果是感觉，它只是即时的；如果是幻觉，它可以是缥缈的。你是追求即时的享受呢，还是渴望缥缈的美妙？

幸福是徒步登山——越走越高，还是满天星斗——处处闪耀？

幸福，你在哪里？找到你的路，又在哪里？

第三阶的课程就是这样，从“幸福之问”开始：幸福到底是关乎头脑（或心灵）里面的意识呢，还是意识之外的肉体体验？

如果按佛家所说的“五蕴皆空”，那么，不仅肉身为空，而且“受想行识”亦复如是，也是空。即大师所云：“受如浮泡，想如野马，行如芭蕉，识为幻法。”于是，幸福无根无落，也是空。

汪丁丁在北京师范学院（后改名为首都师范大学）就读期间，一位七七级数学系当过木匠的同学告诉他这样一个“人生命题”：一个人毕生所能够享受到的“幸福”是一个常数。其寓意是，假如你童年有过太多的幸福，那么，你必须准备应付晚年的悲惨。而你早年经历的磨难大，却可以成为后来享福的资本。

后来，经济学家们根据边际效用分析这个“人生命题”得出的结论是：最幸福的人应当是那些毕生平稳，既没有经历大幸也没有经历大悲的人。

汪丁丁对这个结论则不以为然，认为：“经济学家的这个判断，可算是经济学违反生活常识最离谱的一次了。没有经历过强烈体验的人，还算有过‘人生’吗？人生体验的丰富性往往随年龄的增长而增长，而人生体验的强烈程度则往往随年龄增长而减弱。只有始终保持了敏锐心灵的人，对生命的感受和幸福才会与日俱增。”（《回家的路》第344页）于是，汪丁丁对幸福提出了这样的论断：幸福取决于肉体所经历事件的丰富性，加上心灵对肉体所经历事件的敏感性。

无可否认，经历是人生的财富。北京大学公益讲座第二阶“光明圆融善”课程中，对“生命的过程”安排了长达两个小时的分享。如果用四个字概括，叫“信解行证”；如果用三个字概括，叫“信愿行”；如果用两个字概括，叫“看待”；如果用一个字概括，叫“受”。因此，对于“生命的过程”，最终得出了这样的结论：幸福是想出来的，如果想都想错了，幸福肯定差很远；幸福是做出来的，如果想到做不到，幸福肯定没有到。

读和写：享受孤独

以汪丁丁二十年前出版的《回家的路》一书为引子，写六十篇随笔的计划即将完成。有朋友看了这两个月来我在微信朋友圈发表的连载文章，与我分享，二十年前，他就买过这本《回家的路》，这次再找出来阅读，翻看数篇之后，仍然觉着读不下去。

更多的人说，读了这一系列随笔，才知道当代中国有这么一个牛人，叫"汪丁丁"。也有志愿者问我：何以能从一本书中，找到这么多的创作灵感？我还是用汪丁丁的原话来回答这个问题吧："当我读书的时候，我其实是在写作；当我写作的时候，我不过把已经写好的东西写出来。"（《回家的路》第 346 页）

读书之所以是一件快乐的事，原因之一在于读着读着你会感觉自己有话要说，或许这也是检验你与这本书是否有缘的一块试金石。书中的话语会让你产生联想，或者是自身的一段经历正好贴合书中的某个观点，或者自己心中早就有而一直不知如何表达的观点，正好在书中找到了最贴切的表达，或是得到了印证：英雄所见略同。如此读书，哪有不写作的道理。

这样的经历，我个人已经有过两次：一次是 2006 年看电视连续剧《乔家大院》，然后写下了《乔致庸的经济学》（海南出版社出版）；第二次是 2007 年看了《大明王朝 1566》，然后写下了《王朝投影》（当代中国出版社 2007 年第一版，2017 年第二版时书名改为《明朝的三角困局》）。

刘和平（《雍正王朝》《大明王朝 1566》《北平无战事》编剧）对

此“耿耿于怀”：“我的女儿竟然成了他的媳妇。”（《明朝的三角困局》“序”）。有一次与刘和平聊天时，他说：“学者有两种，一种是乌鸦，把东西吃进去嚼烂了，然后吐出来反哺给小乌鸦；第二种是蚕，把桑叶吃进去，然后吐出丝。”

我知道自己不是学者，也做不了学术研究。诚如汪丁丁所说：“那个叫作‘学术’的知识形态，如果你打算为它献身，那么你将失去真正的幸福。”（《回家的路》第346页）因此，我也认为，写随笔比写学术报告、学术论文和学术专著更容易让人获得幸福感。同时，因为深受刘和平对学者分类的启发，我对自己的写作提出了两个要求：一是要学习用最通俗易懂的语言，传播自己理解的知识；二是要有自己的创造性发挥，哪怕是“创造性误读”（汪丁丁语），给受众以创新性的思想和观念。当然，如果能同时并举，则善莫大焉。

汪丁丁不愧是汪丁丁！在刘和平提出的二维尺度上，他提出了第三个维度：“求知的意志最终体现为‘学术’，但‘知’难道就是我们‘知性’的目的吗？在信仰的时代，只有盲目的信仰；在理性的时代，只有盲目的理性；只有在综合的时代，知性有能力将知与信仰呈现为更高的形态——神。当知性把自身呈现为这一形态时，它感受到真正的幸福。”（《回家的路》第346页）

能否让自己的思想呈现最高的形态？虽明知不能至，但心却向往之。不过，有一点是肯定的：随着年龄的增长，人与过往的交流者会越来越疏远；能够一直进行深度交流的人，也必定会越来越少——就像宇宙在膨胀的过程中，星球越离越远一样……

或许，在生命最后的那段时间，我们只能从书本里找到那些最有智慧、最可靠、最心心相印的朋友进行心灵的交流，因为他们一直都在那里。我把这种现象称为“孤独悖论”。

长寿的意义何在

广西有一个巴马村，说是长寿村，那里的人随随便便就可以活一百多岁。有一次《人民日报》的记者去采访，正好遇到一位一百零五岁的老奶奶坐在门口的凳子上晒太阳。于是，他走过去问老人家："老奶奶，你很了不起耶，人生七十古来稀，你都活了一百零五岁了。有什么养生之道可以告诉我们吗？"老奶奶回答："我想死，死不了！"才活了一百零五岁，就觉得没意思了，那如果真要让某人再活五百年，或是要让某人活一万岁，怎么熬呀！

汪丁丁在《人生圆桌话题》一文中介绍："十亿年前，尚无'性'别的那些生物，一定活得非常长久，非常近似于'永恒'。"（《回家的路》第 343 页）

西方科学告诉我们：地球至少已经存在五十亿年，三十亿年前地球上出现生命，而且一切生物来源于同一个始祖，直到十亿年前，才开始有了性繁殖。于是，"十亿年前，具有历史意义的权衡发生了：是以永恒换取性的欢愉（男人、女人、爱情），还是享受漫长而无性的生命？在自然演化与淘汰的力量面前，延续个体生命的重要性终于让位给了种的延续的重要性。"（《回家的路》第 343 页）

我想问一句：这是谁在权衡呢？

北京大学公益讲座第二阶"光明圆融善"是这样开场的：

为什么要让一个生命，在没有任何准备的情况下，来到这个世界？而且还不告诉他，这一次到来的意义和使命？这个问题，在我们

小的时候，或许问过，随着年龄的增长，知识的增加，人们已经问不出这么深刻的问题了，因为，这是一个没有答案的问题。

既然让一个生命来了，为什么不能让他永远地活下去呢？

这个问题有答案，而且答案非常明确：不可以的！因为永远地活下去，比有生有死更痛苦、更难熬！

生命的短暂和有限，最重要的意义就在于：让每一个生命珍惜这个短暂的稀缺。

在这个世界上，只有被珍惜的东西才有价值。就像男女之间的感情，如果彼此珍惜，那叫真正的爱情，否则，就是逢场作戏，始乱终弃，就是阴错阳差，误会一场；就像宝石，如果你珍惜它，它就是宝石，不珍惜它，它就是石头。

生命因短暂和有限，凸显珍惜的意义。既然，人不能决定自己的到来，也决定不了自己的离去。那么，如何才能活出意义，活出精彩呢？

二十年前，我曾提出改革开放后中国民营企业家成长的三个阶段：超越自卑，超越自我，超越生命。第一个阶段是自立自强的阶段，解决财务自由；第二个阶段是为社会服务的阶段，有效控制社会资源，创造经济效益和社会效益；第三个阶段是留下一种机制和文化，让企业基业长青。

如何超越生命？中国古人提出三条不朽的途径：立功、立言、立德。当然，最朴素的办法就是生孩子，通过基因让生命繁衍生息。不过，这种说法在现代生物学看来，完全是本末倒置，事实是：传宗接代不是人的生命通过基因得以延续，而是基因借助人们的身体得到代际传承。基因是主人，人不过是渡船而已。从这个意义上说，孟子是深刻的：创业垂统，为可续也。创功立业，传给后代子孙，并非只是通过生物基因生儿育女。在生物基因之外，我们用“文化基因”来定义我们对人生的思考，或思考人生的意义，或许能找到些许的安慰。

汪丁丁说：未经思考，人生是不值得过的。但他也同时指出："'思考'本来就是一场悲剧，不论是'我在'从而我思，还是'我思故我在'。我是何等地渺小，何等地被那真正自私的种的基因忽略了啊！我身上的这些基因们，你们不会思考，可是你们将以我的头脑的灭亡换取你们的下一个载体，尽管我深信我的后代不会再有我这颗头脑。"（《回家的路》第343页）

活在这个星球上的我们这拨智慧生命，已经学会了科学思维，并通过基因检测，发现了生命的源代码，于是按照人类的标准，提出了改造基因的梦想，植物领域已经得手，动物领域也取得成功，人体胚胎基因编辑最近又被攻破……

据说，"要不要给地球换一拨智慧生命"已经成为最近一次"宇宙基因委员会"的议题，并且引起了更高维度的智慧生命的高度关切。

有终极答案吗？

正如汪丁丁所说："人生，只要是有限的，就必定生发出关于'人生意义'的问题，必定希望在'意义上'超越这有限的人生。并且，在这个意义上，我们的每一种生活，每一项追求，每一次阅读和交流，都只是从不同角度，以不同手段去接近这个最终的'意义'；并且，我们越是觉得接近了这个'意义'，就越发急切地想要去接近它；并且，我们只是在意识到这个终极'意义'的时候，才感受到我们心灵的自由——超越了'必然王国'的自由。"（《回家的路》第 388 页）

虽然在两千多年后，屈原的《天问》仍在中华大地上回响，但是现代人实在活得太匆忙，也许有极少数人在夜深人静的时候会思考这么深刻的问题；或许为了回避思考这样的问题，更多人宁可去歌厅让身体彻底疲惫直接跳过思考而进入睡眠。就此而论，很难说我们到底是进化了，还是退化了？！

一直有人问我们：做北京大学公益讲座究竟是为什么？这个问题还真不是用一两句话就回答得了的呢。

2018 年 3 月，妻子向我推荐了一首乐曲，说课程上或许可以用。这是以色列东方特色乐队 ANNA RF 在瑞士的阿尔卑斯山上的一段演奏，所用的主乐器是古老的波斯乐器——艾捷克。ANNA RF 乐队由来自以色列南部沙漠地区的一个小村庄的几位小伙子组建而成，他们集体创作了一系列新的声音，风格介于东西方之间，并混合了远古和现代乐器并融入电声。

ANNA RF 乐队的名称源于阿拉伯语表达的一种双重意思："我知道"和"我不知道"，而这首曲子的名字就叫 ***Why***。我的第一感觉是：这也太哲学了吧！但一曲未了，我整个人已沉浸其中，过去、现在、未来，透过旋律在时空和地域间自由穿梭，我有话说……于是，打开电脑，贴着音乐的节奏，一气呵成，为这首旋律填写了歌词：

我一直在寻问，
一直在问苍天，
这一切，究竟是为什么？

我一直在追问，
一直在问大地，
这一切，究竟是为什么？

既然，堪称万物之灵，
为什么，人会如此茫然，
不知道生命为何而来。

既然，是天地之精华，
为什么，人会如此惆怅，
不知道今生归于何处？
我从哪儿来，
要到哪儿去，
生命的意义究竟要去问谁？
仰问苍天，
星汉竟然无言。

我从哪儿来，

要到哪儿去，
生命的意义究竟要去问谁？
俯问大地，
山川依然无语。

是谁在言，
道法自然，
一切终究归于道。

是谁在语，
上善若水，
万事皆空善不空。

我一直在自问，
默默地问自己，
有没有一个终极答案？

当我们把文字和音乐做成MV（音乐短片）之后，在课程中播放，收到了意想不到的效果。用这样一首歌来解答“做北京大学公益讲座究竟为什么”，真是入情入理，意味深长，妙不可言。

正如汪丁丁说的：“作为人，你怎样思考，就怎样生活；作为野兽，你怎样生活，就有怎样的意识。”（《回家的路》第167页）近八年来，我们的课程就是这样，一直在努力用最贴近现实生活的大白话和与音乐结合的形式，与听众进行着真善美的交流，而且一直在避免说教，追求以“情感叙事”的方式表达思想。正是基于这种考虑，北京大学公益讲座在第一阶“从生命到慧命”之后，接着分享通向慧命路径的第二阶“光明圆融善”，然后进入第三阶“幸福是想出来的吗”——这是一个循序渐进的课程设计。

汪丁丁所著《回家的路》一书的最后一篇是《人文与人生》。在这组“重读二十年前的汪丁丁”的随笔即将结束的时候，以《为什么》这首歌词呼应“人文与人生”的主题，也算是天合之作，再好不过。

自由与回家

六十，是一个花甲。历时两个多月的写作，转眼到了这最后一篇。这篇写什么呢?

一直在探讨“回家”的问题，“回家”是最终的目的。因此，回家路上的风景，自然是不可错过的。借着汪丁丁二十年前出版的《回家的路》一书带给我的诸多启示，留下这些文字，也算是对创办北京大学公益讲座近八年的一些思考和梳理。写到此处，突然发现：“在路上”这个词寓意真是很深很深。首先是“在”，临在的当下，只有“在”才是真实的；“路上”是一个个“在”的连续过程，而享受人生过程，甚至比得到的结果更为重要。

2013 年，我创作了散文诗《回家的路》(见本书《如何才算活过了》一文)，试图以“情感叙事”的方法，表达汪丁丁用“历史叙事”和“科学叙事”所阐释的关于“回家”的思想，最后一句话是：“心在哪里，回家的路，就在哪里。”

我们的心，最后要带我们到哪里去呢？有人说那个地方叫天堂，也有人说，那个地方是净土……不论是天堂还是净土，那里一定是自由的！因为，黑格尔早就说过，精神现象的实质在于自由。

我第一次做全麻手术，从睡着到苏醒，当时感觉大约只有十几秒的时间，后来家人告诉我：已经足足过去了四个多小时。紧接着，三天后，第二次再做全麻手术之前，我的脑海里突然闪过一个念头：这一觉会不会进入永恒，直接回到清净清凉的地方？而汪丁丁也有过此类思考：“我们渴望激情。当这激情终于不得不沉静下来直面死亡，而时间与世间的‘烦忙’变得与生命毫不相关的时候，这激情才真正显现为激情，这平静才是真正的激情。”（《回家的路》第334—335页）上了手术台，我在心里默默地念着：“不必悲哀，无须徘徊，心中有爱，此去如来，此去如来……”三个小时之后，果然我又回来了。看来，此生还有一段路要用自己的脚接着走下去。这是发生在2017年12月的事，是老天爷给我的六十岁礼物。

所以，有了这样的经历，再来读汪丁丁的这段文字，就不会感觉云里雾里了：“‘时间’是心灵为获得自由而与之抗争的第一和永远的对立面。在‘时间’的两端：上帝是永恒的，因而不需要时间；顽石浑不知晓，因而也不需要时间。西西弗斯的痛苦（和幸福）导源于那注定了永远要在经验的不自由当中消磨时光的自由心灵。”（《回家的路》第341页）

渴望自由的心灵，注定要在不自由的时空中消磨时光。其表现形式有二：一是被迫忙碌，二是随波逐流。而真正的自由，既不是疲于奔命的职场拼搏，也不是无所事事的虚度人生。“真正自由的生活不需要‘职业’；自由生活本身恰恰构成生活的‘事业’。”（《回家的路》第346页）因为，职业是被外在的因素决定的“不得不为之”，而事业是出于内在的渴望和追求。在北京大学公益讲座的志愿者看来，比事业更深一层的生命追求是“命业”。“命业”就是我们理解的“回家”。“命业”与“事业”的不同在于：事业必须要有一群人共同达成的目标，命业则可以是无关外在的个人内心的终极追求。

自2011年创办北京大学公益讲座开始，因为我们是“无组织无纪律无收入”的松散型架构，所以并没有明确制定共同一致的目标，而只有一个模糊的结伴“回家”的方向。之所以还能有一批又一批志愿者加入，是大家真正了解了只有把这件纯洁、纯粹、纯净的非功利的事情当作“命业”来做，才会长久；而这样一件事被当作“命业”来做之后，就不存在是否能吸引眼球，能否被认可和被关注，是否得到尊重之类的制约，只是自己为自己做就好，于是就自由了，真正地为自己做主。那种自由是随心而动，永远不被外在的因素所影响。

汪丁丁在他另一本著作《新政治经济学讲义》中，论述“个体幸福”的三个纬度：物质生活、社会生活和精神生活。这与“从生意人到企业家到慈善家到教育家”是非常贴近的两种人生观的表达。我一直在告诫自己：当一个人获得财务自由、时间自由、精神自由如此三大自由之后，应该去做“对人有帮助”的事（佛家的布施？)，一个人只是为了自己，或许能够成功，只有帮助别人，才能到达。或者说去做“对人有帮助”的事，也许可以留下些什么（儒家的不朽？）——这是不是自由的延伸意义呢？！

康德说：“真正的自由不是你想做什么就做什么，而是你不想做什么就不做什么。”从这个意义上说，我们北京大学公益讲座的志愿者是自由的。相反地，那些已经被绳之以法的，或还在违法犯罪路上收不了手的人，他们在夜深人静的时候，一定在为自己的行为寻找理由：“我也不想这样，但这个社会，这样的社会制度，这样的社会风气，让我不得不走上这条路。”明知是做坏事，还要去找外在的理由，就是不自由。

我们相信“人之初，性本善”。所以一个人要为恶，是需要在内心不断找到理由的，越是能寻找到冠冕堂皇的理由，就越会行大恶。（这是我最近看《纸牌屋》的体会之一。）我们不妨对康德的意思作一个延伸：行善是不需要理由的，它也不是学习，而是还原。不想做坏事，就可以不做坏事，是自由。而行善，就是人性的自由！

当然，自由的价值往往是在拥有它的时候，并没有什么感觉，只有在失去它的时候，才开始发现其价值。譬如，人在享有肢体自由的时候，并不会觉察拥有肢体自由是多么地幸福，总认为一切都是理所当然。

2018 年 9 月 28 日，在腰腿莫名疼痛了一年多之后，我被诊断为强直性脊柱炎。当我听到朋友告知这是一个“死不了、治不好”的普通常见病时，那一刻才开始深刻意识到肢体自由的价值。然而，人生还有比这个更糟糕的事情：譬如误入歧途，终身难逃身心受限，只能一条道走到黑；再譬如，触犯法律身陷囹圄的服刑人员。

2012 年，我曾经为监狱的服刑人员写了一首散文诗《假若自由明天来临》：

假若自由明天来临，有一个声音踏着音乐的旋律，向你走来，对你诉说……

清晨，当秋水共长天一色，你从睡梦中醒来，一眼看到了铁窗……

黄昏，当孤鹜与落霞齐飞，你带着疲惫的心，徘徊在高墙之下……

自由，你曾经拥有，就像小鱼儿，一旦离开了水，才知道，水是那么重要；

自由，你曾经拥有，就像小鸟儿，一旦失去了天空，才知道，笼子的味道。

当自由变成梦寐以求，当自由成为灵魂急切的渴望，当自由成为亲朋好友遥遥的企盼；生命之舟，却已经在这里停泊，开始一次人生的休整……

过去的，已经成为过去。

是的，一切都会过去！人生所有的忍受、承受，最终都要通过接受，才能到达享受。

痛苦与磨难，可以让人获得智慧。这一次磨难，与其说是一种偿还，不如说是一次警醒！

当你重获新生，从这次经历中得到的，是生命的智慧呢，还是一次生命的浪费？这是灵魂对你的拷问！

你，不能白白度过这一生；这一生，也不能白白经历这次刻骨铭心的磨难。

假若，自由明天来临，你准备好了吗？

当你迎着朝阳，走出这道院墙，有一条河，是属于你的，虽然，这条河不会清澈见底，肯定会有浊流和险滩，那时，你会像鱼儿珍惜水一样，珍惜自由吗？

当你沐浴晚霞，走出这道院墙，有一片天空，是属于你的，虽然，这片天空不会永远湛蓝，肯定会有乌云和雨电，那时，你会像鸟儿一样，享受自由吗？

假若，自由明天来临，你准备好了吗？

是的，假若，自由明天真的来临，你准备好了吗？

2012年7月19日，这首散文诗配上班德瑞音乐中的《下雨的时候》，第一次在深圳监狱面对四千六百多位服刑人员公演。现场朗诵结束，灯光开启后，我对着主会场的五百多名服刑人员喊道：“你们准备好了吗？”全场自发地齐声回应震耳欲聋：“准备好了！”

我惊奇地看到，服刑人员个个满脸泪花，喊话时脖子青筋凸暴，那一刻，他们对自由的无比渴望和对回家的无限期待，是那么地真实而强烈，令人终生难忘。而我在课前辅导上场朗诵的志愿者时，分享了自己创作时的心境：这首诗歌是以一位哭干了眼泪的母亲的口吻写的，是她用母爱对高墙内服刑的孩子的诉说，是她日夜思念的牵挂，是她各种心情的交杂，是她已经欲哭无泪……后来，我们去过全国各地十五座监狱、戒毒所开课，这首散文诗现场朗诵一直是课程中最动人的环节。

当然，前往监狱授课，收获最大的是参加服务的志愿者，他们第一次亲身经历层层严密检查，亲眼看见一道道关卡戒备森严的监狱设施，那一刻，对自由的理解得到了升华。从欢迎一个个木讷呆滞的生命进场，到三个小时之后，为他们每个人送上我们特制的礼物，看到已经绽放的笑脸，感受到了付出大爱的奇迹。

有一位北京志愿者参加完课程服务之后，在分享会上说：这首《假若自由明天来临》，不仅是为高墙里的人写的，而且也是写给我们这些高墙之外的人，因为我们每个人都有一座心牢，活得并不自由。诚如叔本华所说："人受欲望支配，欲望不满足就痛苦，满足了就无聊，人生如同钟摆在痛苦和无聊之间摇摆。"痛苦与无聊，就是一座无形的监狱，多少人活在其中，失去了本来就拥有的自由。而大多数人因为被"拥有"占据，所以没有能力没有空间再得到，失去了心灵的自由而不自知。

卡尔·马克思描述的共产主义社会，一是物质极大丰富，所有公民可以各尽所能，按需分配；二是自由人的自由组合。看来实现第二个目标比第一个要难很多很多。

系列随笔《回家路上》就要收尾了。在这条回家的路上，北京大学公益讲座的志愿者追求诗意的人生，并且知道远方不是地名，是空间；远方不是空间，是时间；远方不是四维，是五维、六维……

凡事有开始，就会有结束，以"回家"和"自由"作为最后一篇的主题，算是首尾呼应，水到渠成。相信这两个问题会一直陪伴着我们每一个人走向生命的终点，在此之前，我们无法回避，至于过了终点，只有天晓得……

2018年12月7日4时45分

附录

丁丁小传

唐岚　深圳 010 志愿者

（根据汪丁丁《通向"林中空地"》及网络公开资料整理）

"只要是真正的中国知识分子，他最后的落脚一定是人生问题。因为信仰完全是可遇不可求的事。而人生的头号问题终究是'文化使命'，因为只有文化才能让你有精神生活。"这是汪丁丁对中国真正的知识分子的定义。

汪丁丁，数学专业出身，1990 年夏威夷大学经济系博士毕业，1991 年始任教香港大学经济系四年，1996 年赴德国 Gerhard–Mercator 大学客座研究员，1997 年在北京大学国家发展研究院（前身是北京大学中国经济研究中心）任教至今，并同时在浙江大学任教。如果囿于被现代学术分工框定的轨道，汪丁丁应归档于"中国知名经济学家"之列。而他更愿意与"职业经济学家们"区分开来，认为自己或许是中国人里面最喜欢哲学问题的经济学家，本质上是一个哲学家而不是一个经济学家。

在国内，汪丁丁被公认是对国际上经济学和其他学科的前沿研究跟得最快的一个人。从认知心理学、行为经济学、博弈论、道德经济学的起源，最初几乎都是由汪丁丁提出来，之后，其他经济学者开始跟进，继而在国内形成一波又一波研究风潮。

早在 2003 年，汪丁丁就将"制度经济学"拆解为"行为经济学"

和“新政治经济学”。理由是他敏锐的前瞻性觉察到“制度经济学在理论上，没有新的突破了”。而历史证实了他的预见——新制度经济学随后停滞了将近十年。该学派的领袖、1993 年诺贝尔奖得主诺斯，也在 2005 年后转向脑科学和行为经济学。而汪丁丁早已进入脑神经学研究领域，至今仍在继续攀登。

在中国学术圈，汪丁丁是出了名的勤奋，是一个“视学术为生命”的人，容不得半点含糊与应付。然而，他的勤奋并非偶然，遗传基因、成长环境、知识积累过程和人生成长体悟，总是缠绕在一起，螺旋上升，共同造就了他的不平凡。与此同时，四位女性对他影响深远。

一个女人影响四代人

1953 年 5 月，汪丁丁呱呱坠地在沈阳和平区的一家医院，马上就被带到了北京。他理当算是“北京人”，但每次他填写籍贯时，仍受到“祖辈”的影响，写为“浙江人”。汪丁丁的父母是早年投身革命的知识分子，给了他充满自由和爱的童年。一辈子老老实实的父亲是独生子，算是中农出身，而母亲这边则相对复杂。外祖父是民初的“新派人物”，自由撰稿人，生命历程曲折；外祖母出身望族，其先祖是汉高祖的同乡，对全家族的影响最大。她送了家族里的一批晚辈去红色根据地，包括汪丁丁的母亲。所以，当汪丁丁的父母在晋察冀边区的窑洞里结婚时，就双方家族对小两口的影响而言，在北京话里就相当于是“倒插门”——夫随妇居。

外祖母始终保持着对家族上下的影响。汪丁丁将自己与生俱来的两个互相关联的特点——记性好和想象力丰富，归属于外祖母家的遗传基因。儿时的他不论在哪间屋子里玩，都能撞见书。家庭是孩子成长的环境。“家里书多”所创造的氛围，本身已经足以开启人的“觉悟”。特别是汪丁丁只完成了小学六年的正规在校教育，就在人生最重要的求学时期，遭遇了“停课闹革命”的动乱年代，于是，他就窝在家里，读遍各种中外书籍，全靠自学成才，此乃后话。

充满智慧的爱

少年的汪丁丁极为淘气。上了小学，他最感兴趣的事情就是逃学，抓蝌蚪，去街摊旁看小人书。他常跟着一个按照当时标准是“小流氓”的孩子，从阜成门的家里，去以前还是烂泥塘，现在已是国宾馆的钓鱼台捞蝌蚪，观察蝌蚪如何渐渐跳出水面，并迅速地长出四肢。

混到二年级，因为汪丁丁胡乱答题，导致大考不及格。作为知识分子的父亲心想，不管怎么着自己的儿子也不能被留级，于是带着他去学校“理论”，终于推翻了“留级”的决定，而老师就此抛给他一个绰号——“臭肉”，意思是可以丢掉。

直到小学四年级，汪丁丁终于遇到了一位改变他人生轨迹的老师，他称之为老天安排的“缘分”。某一天的语文课上，依然在“开小差”的汪丁丁，突然听到自己被班主任张老师点名了，当着全班同学夸汪丁丁的作文非常好。这剂猛药让汪丁丁当场“Shock”（震惊）。因为自从进学校的那天起，他从未得到任何一位老师的表扬。

这位表扬他的老师名叫张鸣柯，是北京市模范教师，香山慈幼院毕业的穷苦人，一辈子奉行孔夫子的“有教无类”。汪丁丁后来回忆，自己那篇被表扬的作文其实也写得乱七八糟，但文章中，他用了一个恰到好处的成语。而经过张老师的这次“Shock”疗法，汪丁丁居然“浪子回头”，自尊心被激发，潜能也从此爆发。之后，他写的每一篇作文都成了范文（在全班甚至其他班朗读），渐渐地，他的数学也开始名列前茅，各科都成为第一，从“学渣”变成了名副其实的“学霸”。

对汪丁丁成长产生重大影响的另一位女性，是他的母亲。她是典型的理想主义者，不断地追求自己的梦、追求自由。正是在母亲这一榜样的耳濡目染之下，汪丁丁理解了“自由”的真实含义，这也成为他终生的奋斗目标。

也是在母亲的支持下，上小学五年级才十岁的汪丁丁，跟着她的一位同事（沈昌文）学习组装半导体收音机。这是相当困难的活动，在那个物资匮乏的年代，半导体收音机的零件尤其昂贵。从只用一个三极管，到组装六个或八个三极管的收音机以后，汪丁丁开始买《无线电》杂志，自学电子电路原理，开启了一个循序渐进的自我学习过程。

而能在一堆矿石和天线中捣鼓出声音，这对于孩子来说真是一种奇妙的感觉！汪丁丁就是从捣鼓晶体管中开发了心智，动手能力和自学能力都很强。从此，一通百通，这和“理一分殊”有异曲同工之妙。后来，他还曾设计电路、电板，还发明了抗跳键积分电路，只不过当时没有专利局，无法申请专利。

幸运的是，汪丁丁刚好在“文化大革命”开始前，变成了“好学生”。在窗外沸沸扬扬挥舞旗帜闹腾的年代，不管是否看得懂，他已经抱着一本《国家与革命》在教室里静静阅读了。

信任发生

和那个年代的同龄人一样，读完初中，1969 年，十六岁的汪丁丁怀揣一本《电子线路》，去了黑龙江嫩江县建设兵团。因为意志不坚定，不久，他在一个上海知青的协助下，从广袤的查洋水利工地上“逃跑”回家。

当时，他的家人也四散在各地，与其让一个十几岁的孩子在大都市里流浪，不如回北大荒保险。于是，三个月后，在一个大风雪刚过去的早晨，汪丁丁背着装满了糖果和香肠的旅行袋，带着一身的惆怅和沮丧，慢慢地从火车站步行到团部。

在团部参加了三天学习班，第四天一早，汪丁丁“毕业”了，从团部走回连队，几十里路，只有白雪皑皑的荒原，穿心透肺的寒风和无边无际的失落感。

回到连队，汪丁丁被分配到厨房打杂。没几天，师傅就夸他“尿性”——东北话“能干”的意思。因为他挑水“挂双挑”，一根扁担可以挑四桶水。这样不到上午十点，汪丁丁就可以在宿舍里休息了。

“北大荒”是文明的边缘。同宿舍的一位哈尔滨知青是“老高三”，常常在空荡荡的大屋子里拉小提琴，这如诉如泣的琴声，让汪丁丁在无边无际的失落和徘徊中找到了知音。在《梦幻曲》琴声的伴随下，汪丁丁喜欢阅读这位知青枕边的《莎士比亚戏剧集》。多年后，汪丁丁才意识到，这段经历是他心灵的第一次启蒙。

1971 年夏天，汪丁丁思念家人，请假回到北京。不过这一次他泡在北京，就再也不回去了。在波谲云诡的年代，他读遍家中堆放的所有的马列著作、数百本商务印书馆翻译的各国历史（国别史）、各种世界通史、希腊的悲剧和罗马的历史，以及陀思妥耶夫斯基、托尔斯泰、罗曼·罗兰、巴尔扎克、雨果、杰克·伦敦等作家的经典名著。在家赋闲三年之后，汪丁丁人生的第二次启蒙完成了，开始认真思考中国的命运。

“这是一个最好的年代，这是一个最坏的年代；这是一个智慧的年代，这是一个愚蠢的年代；这是一个信仰的时期，这是一个怀疑的时期；这是一个光明的季节，这是一个黑暗的季节；这是希望之春，这是失望之冬；人们面前应有尽有，人们面前一无所有；人们正踏上天堂之路，人们正走向地狱之门。”狄更斯在《双城记》的开篇，已经为我们写下了人的生命历程和对待生命的态度。

每一片雪花都不会落错位置，即使前路渺茫，也是我们要面对的人生，一切都已安排。信任发生，全然接受，是唯一的道路。

而后，汪丁丁在北京应用电子技术研究所的工厂当工人。他被指派参加领导工人的“理论写作组”，自学了政治经济学史、剩余价值理论和高等数学。

遇 见

1977 年，高考恢复。那时汪丁丁正在应用电子技术研究所做车间主任，忙得根本没时间想这个事儿，但厂里认为他最有条件上大学，给他放了假。于是，只受过六年正式教育的汪丁丁借了所有的中学课本，拿回家自学，考完自己觉得比较有把握。

汪丁丁报考的专业足以说明他当时的个人兴趣：世界史、数学。不过，当年北大历史系不招二十四岁以上的考生，所以他进了第三志愿的北京师范学院数学系就读。后来汪丁丁回想，读数学系让他受到了系统的方法论训练，不至于在复杂庞大的知识体系里迷失方向，严格的数学训练使他日后在任何一个学术方向上都能推进到很深的程度。

大学期间，最让他着迷的是哲学，这对数学系学生来说算是“不务正业”了（罗素的《数学原理》除外）。汪丁丁常常不上课，浸泡在图书馆，他读得最多的是黑格尔和罗素的书，罗素让他认识了休谟，由休谟又到康德。这让他在欧陆哲学之外，接触到了美国逻辑实证主义的传统。1981 年，汪丁丁拿到北京师范学院数学系理学学士学位。

20 世纪 80 年代初，社会经济的复苏开始呈现一些早春气息。应当时国家领导人的要求，国务院发展研究中心进行了一项名为“2000 年的中国”的研究项目，参加这个项目的成员们大多是当时中国经济决策部门的重要人物。因为缺一个懂数学的研究人员，汪丁丁被吸收进项目组，那时的他正在就读中科院数学与控制理论专业的研究生。

在“人口与就业”专题组，汪丁丁负责建立中国“劳动与就业”的经济发展模型。也就在北京商业自动化研究所，汪丁丁认识了未来的终身伴侣——小李，他们两人有同一位师傅，这位邓师傅是复旦大学电子工程专业的老大学生。

小李的出现，一定是老天的安排。因为在数学系读到本科高年级时，汪丁丁早年的失眠转成了长期失眠和神经衰弱，后来甚至出现了更严重的谵妄症状。那时的汪丁丁发现自己的意志是何等脆弱，而脆弱的心灵进行着沉浸式思考时，注定需要另一颗意志坚定、具备敏锐直觉、随时准备奉献的心灵来扶持。就这样，小李放弃了上大学的机会，守在身边照顾汪丁丁，成为汪丁丁的人生伴侣、助手、秘书，和连接这个世界的桥梁与“缓冲”。

第一次按“最优控制原理”得出的数据结果令汪丁丁目瞪口呆——因为到2000年，就业的数字翻着番地往上涨，每年增加的就业机会将高达数千万。由此，汪丁丁对经济学的兴趣迸发，边读边写下《资本论》第一、二卷的读书笔记，并根据马克思的思路建立了“两部类”经济增长数学模型。1984年，他拿到中国科学院系统科学研究所“数学与系统科学”硕士学位。

1985年，汪丁丁的导师——一位研究中国人口最优控制问题的学者把他带到位于夏威夷的美国东西方研究中心。中心副主任是一位韩裔教授，主动提出给他全额奖学金。一年后，汪丁丁转入夏威夷大学攻读经济学博士，就这样带着小李出国了。朋友笑话他，离开他的小李，他什么都做不了。尤其是出国以后，据说整个夏威夷知道叫“小李”的人比知道她的先生叫“汪丁丁”的人还多（汪丁丁称，这在集合论上是个悖论）。

在小李全身心的奉献和相随下，汪丁丁得以心无旁骛地在思想王国里自由漫步，辗转于夏威夷、香港和欧洲等地，去追逐似乎毫无希望实现的理想，因为追索本身已经成了目的。在小李经营的精致生活里，他能保持一天五千字的“高速学术写作”。

求知无止境

接触过汪丁丁的文字和思想的人都会困惑于一个问题：这个人到底读过多少书呢?

在攻读博士学位期间，每门功课都是A的汪丁丁很少出现在课堂上，他常常一天花十五六个小时，在这所全美排名前十五的夏威夷大学图书馆的书架间“漫步”，如同一名将军，知道麾下每一支部队的所在：资料地图存放在地下室，一层是参考书架和期刊阅览室，二层有数学物理生物的书籍，一直到顶楼的哲学历史文化和东亚各国期刊。而他曾经用一年的时间，读完了夏威夷一间书店的所有书籍。

在学术界，汪丁丁享有“百科全书式”知识分子的美誉。难能可贵的是，在很多方向上他都能深入其中，写下了二十多本学术和通俗著作，几乎每年出版一本书，其博学和高产让其他学者咋舌。在看似晦涩的学术语言包裹下，汪丁丁的思想和文字直指中国社会当下最敏感和最迫切的问题，其中融合了脑神经学、认知心理学、经济学、哲学、政治学、社会学、伦理学、宗教和神秘主义，扑面而来的知识模块，的确让人眼花缭乱、应接不暇。

曾有学者笑道：“读了汪丁丁写的书，仿佛陷入了知识的汪洋大海，差点不能活着爬上来”；也有学者说，“汪丁丁是我们这个时代少有的文艺复兴式的知识人”；也有学者赞叹他是一名“经济学功底深厚的哲学家”；汪丁丁的朋友，知名学者余世存评价，“汪丁丁几乎是一个说不尽的话题，他的学问思想、他的传奇经历、他的人格魅力等等，都是。”

汪丁丁自己也承认，如果不是后天的哲学和数学训练，自己的探求方向多半会像万花筒一样错综复杂，又会在任何一个方向上进展不下去。而他在很早就悟到“理一分殊”，一通百通，求知无止境，所以从来不对自己设限，而是以问题为导向，为求解人生与天下最重要的问题在一切可能的方向上做深入探索。

汪丁丁不属于任何门派，没有师从过世界级大师，主要依靠图书馆和书店获取知识；进入网络时代后，他把握了知识分享、传播的新型工具，与各个学科的前沿进展“同步”。每天清晨八点，大家刚起床不久，汪丁丁已工作了几个小时，通过互联网检索完各个学科上千本学术刊物的文献综述和阅览。汪丁丁说，“这大概是我们这一代人的特点，只要有书、有时间就可以了。”

1996 年，汪丁丁回国任教。在北大朗润园里，遇上刚从美国归来的胡舒立。这位外国媒体眼中的“中国最危险女人”刚从别人手中收购了一个刊号。在开车送汪丁丁回家的路上，她邀请他为草创中的《财经》杂志写文章——从此，他和胡舒立团队合作了整整十五年，先后担任《财经》《新世纪周刊》的学术顾问。

《财经》创刊的头几年，汪丁丁只要无事，就骑着自行车或坐 3 路无轨电车去《财经》办公室“义务上班”。他在编辑部赶稿子，参加编前会，旁听选题汇报，给新来的记者上课，跟着记者去采访社会边缘人……

而截稿当晚，他常常充当“倚马可待”的写手，以半小时一篇的速度赶写评论。等凌晨三点新一期杂志送进印刷厂，编辑累得在条凳上呼呼大睡，汪丁丁就在一边看书，坐等黎明的到来。

在汪丁丁的提议下，专注于主流市场的《财经》开辟了“边缘”栏目。“在主流市场外还有一些边缘的弱势群体。我们的自由主义不是简单的自由主义，它必须顾及中国社会的底层，然后才可能有健康的市场经济。”他坚持写，一直写到繁重的教学让他再也没有精力兼顾。

就这样，汪丁丁对中国现实抱有一种深切的关注，同时又保持着一种适度的距离。然而，在社会高度分工和竞争激烈的现代社会里，任由一颗好奇心去探索未知，是一件奢侈而有风险的事。汪丁丁清楚走向“边缘”的危险，也曾为“随心所欲”付出代价。

未来教育

1997 年，汪丁丁回国在北京大学中国经济研究中心（现为国家发展研究院）任教，1999 年特聘为浙江大学教授，这两所中国名校集中了中国最优质的生源，但他发现有的学生很焦虑、彷徨、冷漠、痛苦，甚至有极端的自杀现象。他不断琢磨这一现象，认定是我们的教育出了大问题，最根本在于教育的命运和社会的命运紧紧纠缠在一起。

通过深入研究，汪丁丁指出：中国社会正处于转型期，其价值特征是尚未确立任何被其社会成员广泛接受的价值。转型社会里，每位社会成员最感焦虑的是未来生活的极端不确定性。

对此，汪丁丁提出未来的中国教育应当向着一百年后的未知文明开发，教育的目的是以人的幸福感为前提。未来教育的要务是生命教育和情感教育，是培养学生以问题为导向的批判性思维的教育，主旨是“培养有灵魂的专家”（马克斯·韦伯语）。

在汪丁丁看来，未来教育必须遵循三个基本原则：一是尊重生命，包括尊重自己的生命和其他一切生命形式，在被教育者的心中唤醒的价值就是生命的价值；二是尊重他人的自由，对不同价值及其生活方式的宽容；三是批判性思考的能力，对自己行为的反省，对知识的批判性思考。

2008 年，汪丁丁把自己的这一套学术思想应用到位于黄海之滨的东北财经大学的跨学科教育实验中，开办了第一届“跨学科行为金融学实验班”，到 2017 年已是第九年。对于自称“意志薄弱、怕麻烦”的汪丁丁来说，这块试验田在教育行政化的挤压中，能够支撑到第九年是个奇迹。

汪丁丁推崇的教育理想模式是“柏拉图散步”。实验班的教育首先是重视生命情感体验的道德情操教育，然后才是奋发向上的学术探究，这种教育不是以竞争为主，而是合作性的分享教育。汪丁丁认为，由“天下一理”，至“万象分殊”，通过培养学生的批判性思维，达到笛卡尔所言“让心智在一切方向上充分涌流”，这才是教育的终极目标。

在妻子小李和校方的鼓励下，跨学科中心不仅活下来了，而且取得了不错的成果：实验班是东财有名的“学霸班”，这里的毕业生无论是找工作还是继续学术深造都很抢手。最让汪丁丁欣慰的是，他们大多通过跨学科教育找到了“自己的问题”，培养了批判性的独立思维，学会欣赏更自由的人生。

陶行知先生的对联“捧着一颗心来，不带半根草去”，是汪丁丁对自己和其他教师的勉励。他的跨学科教育还有一个宏大的目标：汇通中西，为未来的中国人准备一个舞台，因为未来中国人应该是中西文明交汇后的新人类。

汪丁丁特别看好“90后”，认为他们的物质条件丰富，没有历史的负担，接受的学术训练是中西方结合的，既有人文背景，又有数理背景。而“90后”的每个人都是“独狼”，个性突出，很有主见。“50后”到“80后”，都是转型期的匆匆过客，“90后”将成为历史舞台上的主角，他们是真正有希望可塑造的学术接班人。

人工智能的发展支持了汪丁丁的观点，将来很多工作已经不需要人们亲力亲为了，但人工智能不能取代人类的大脑进行批判性思考。所以，汪丁丁坚信自己正在做一件“很酷”的事情，跨学科教育将是未来教育的主流。

“如果能做成，生死以之。”汪丁丁继续着自己的理想，而理想，只要是真的，就永远是感人的。

在汪丁丁的生命过程中，他几乎始终享受着提问、思考和说话的自由，相信他将一直享受在这条回家的路上，走向他认定的彼岸。

2018 年 12 月 10 日初稿于台北

2018 年 12 月 15 日定稿于丫山国际志愿者村

北大，我们共同的承担 *

首先，非常感谢冯科教授第二次邀请我参加这样的活动。祝贺你们在冯科教授的旗下，各自完成了自己的硕士或博士学业，即将走向人生新的旅程。

明天是7月4日，冯科教授的生日。有这样一句话："每一片雪花，都不会落错地方。"这个人，怎么会出生在7月4日呢？除了父母的因缘际会，或许还因为，是老天爷想要让他本人更容易记住这个日子。第一，7月4日这天正好处于北大的毕业季，他的学生们都是在7月4日的前后从北京大学的校园走向社会、走向世界。有了学生们的提醒，他一定不会忘记自己的生日。第二，7月4日是美国的独立日。试想，一位中国的大学教授，他的生日恰巧跟另外一个世界大国的国庆日在同一天，他一定会得到某种心理暗示，从而在看问题的时候，会有更多合作、竞争和构建人类命运共同体这样的全球眼光。有了这种眼光，他就不仅仅是一个北大人，不仅仅是一个中国人，更是一位作为世界公民的地球人。正是基于这两点，我想，凡是冯科教授的学生，人生中能够拥有和他在一起生活学习的一段美好时光，这就是一份很大的荣幸。所以，今晚大家能够相聚在这里，正应了前面的那句话："每一片雪花，都不会落错地方。"

冯科教授今晚邀我来，与大家在此相聚，我这片雪花也没落错地方，至少有两个因缘。第一，我从2003年开始进入北大，担任北京

---

* 2017年7月3日，作者参加北京大学冯科教授的博士、硕士研究生毕业谢师晚宴，席间应邀作了即兴演讲。本文根据录音整理稿扩充而成。

大学历史文化资源研究所副所长，两年后在经济学院创办了北京大学产业与文化研究所，至今已经在未名湖“浸泡”了十四年。所以，我们今天的相聚，是因为大家共同拥有一个很重要的情结——北大人。

第二，冯科教授为什么邀请我这样一个六十岁的人，和一群二十多岁的人在一起相聚呢？因为我们都共同面临人生的一个新的开始。你们毕业了，从此，人生带着北大人的光环，走向新的历程。而我却应了那句话：“人生六十岁才开始”。

为什么人到六十岁才开始呢？因为，无论科技怎么高速发展，日新月异也好，一日千里也好，但有一样东西的进步和进化非常缓慢，这就是人文。甚至人类发展的特定历史时期，还会出现文明的倒退甚至是严重倒退的现象。往往每一丁点进步就如针挑土，而倒退则像水推沙。用佛家的话说，叫作“刚强难化，退转连绵”。所以，历史总是在重复，只是每一次换了不同的包装而已。在探寻并推进人文精神进步这条道路上，我们每一个人，如果可以用六十年的时间，找到一种能够让自己坚定持守的品质，或者说达到“五十知天命，六十耳顺”的生命状态的话，似乎与科学知识和科技进步没有多大关系。有一天，当你们也六十岁的时候，回想起今天晚上我说的某一句话，或许你们会明白我在说什么，会更加深刻地悟到：今晚的每一片雪花，不管从哪里飞来，落在这里，都是老天爷最好的安排。

北京大学是全世界最好（不是之一）的大学。因为：没有一所大学，能够像北京大学一样，在一百多年中，一直承载着几十亿人的精神向往和追求；没有一所大学，能够像北京大学一样，走出一代人，直接改变了一个世界人口最多的国家，并影响了20世纪和21世纪整个世界的格局；没有一所大学，能够像北京大学一样，成为一个民族追求“独立之精神，自由之思想”的圣殿；没有一所大学，能够像北京大学一样，以其“学术自由，兼容并包”的理念，而成为每一个与之有缘的梦想者的天堂。

正是这样一所大学，让每一个与之有缘的人，都被架在这口锅上“烤”。在你考上北大和从北大毕业的时候，那种从各个方面投来的赞誉和羡慕无论多么美妙，那种由衷的喜悦心情无论多么真实而强烈，很快都会过去，这似乎有一点残酷。而当周围的人为你喝完彩之后，你有没有想过：二十年以后、四十年以后，你是否还可以自豪地跟身边的人说：“我是北大人。”那时，你心中有多少底气或者勇气，说自己无愧于这个称谓？这样一个情结，与任何人都没有关系，只是与你自己有关，它会伴随你走过一生。

蔡元培先生说：“诸君须抱定宗旨，为求学而来。入法科者，非为做官；入商科者，非为致富。”当然，北大人不是不可以做官，不是不可以致富，只是当官不为发财，致富不止于物质享受。尤其是在座的各位，都是学金融财经的，未来的成就，难免会与在市场中打拼并合法安全地获得相应的物质财富相关联，但北大人从来就不以个人拥有多少财富为标榜的尺度，因为拥有财富只是手段，而且都会过去，能够留下并值得传承的是人文精神。刚才冯科教授也说了：“当我们有了钱之后，不能成为猪。即使是猪——我就是属猪的——也要当一只有思想的猪！”真是醍醐灌顶，鞭辟入里。

其实，早在18世纪，法国思想家帕斯卡就说过类似的话：“人是一枝脆弱的芦苇，他的全部尊严就在于思想。”作为北大人，什么都可以没有，就是不能没有思想。我这句话，你也可以反过来听：一旦我们拥有了代表人类进步的思想，在未来实现中国梦的路上，我们还担心什么呢？应有尽有。

尽管在顺应中国社会主义市场经济大潮中，北大人在做实体企业或做资本运营方面并不逊色，甚至特立独行。曾经，北大的校产规模达到了全国校产总规模的53%！然而，回顾历史，北京大学从来都不是以校办企业的资产规模傲立于世界大学之林。一百多年前，北京大学有多少校产，没有人关心。一百年后，北京大学曾经有多少资产，也不是考核这所大学是否伟大的指标。

尽管在“以天下为己任”的旗帜下，北大人在各级党政机关中，不乏“一身正气干大事，两袖清风为人民”的为官楷模，但他们为世人称道的，绝不是升官之术如何精到，而是“一塔湖图”浸润出的一种人文情怀和文化自信，以及“达则兼济天下，穷则独善其身”的士大夫气节。

所以，未来足以证明我们自己是北大人的，一定是“独立之精神，自由之思想”。能够走进北大，足以说明我们的聪明才智；能够在北大学有所成，足以让我们能够在世间法中游刃有余。所以，永远不要忘了我们的初心，保持从百年北大传承下来的伟大传统，是一件没有什么好商量的事情，因为我们对北大精神的坚信与坚守，来自我们的内心深处。

对于北大人来说，今后我们无论走到哪里，无论从事什么职业，都会记得：我们在北大所学到的，绝不仅仅是知识。知识固然是有力量的，但力量的结果，取决于着力点和方向，知识用错了方向，必然成为人生的灾难。而北大给予我们的最珍贵的资产，正是给出了让人生变得伟大的方向。而明智的选择人生正确的方向，通常比盲目的努力更为重要。

当我们听到钱理群老师批评“精致的利己主义者”时，我们知道，这种人有悖于北大精神，谁也不要借“识时务者为俊杰”来掩盖其精神堕落的本质，“精致的利己主义者”不需要这样一所大学来培养，就像不必用良田来种植稗子。北大人的“识时务”，是识天下为公的大势，识人类文明潮流的趋势。北大人在人文主义这条道路上，追赶的绝不是时尚和新潮，而是笃初慎终的一种人格坚守。

“林子大了什么鸟都有。”北大当然不乏聪明人，不乏盘算精致的人。但最难能可贵的一种人，是找到了对的而且适合自己做的事，然后身体力行去做，不仅有“知其不可而为之”的浩然之气，而且具备了不去强求别人也去做的自由主义思想，或者说“智慧”。

未来，或许有人会对你说：“你都是北大人，怎么还这个样子？！”那么，就要问问自己，北大人应该是什么样子？事实上，北大人的身份已经是历史形成的一种具有特别内涵的符号，它蕴含着对中国社会进步与发展的责无旁贷的担当。拿什么来告诉这个世界，告诉身边的人：我真的是北大人？这并不是拿出学位证书那么简单。

十四年来，我无时无刻不在问自己：你的演讲，你的出版物，你所做的事，能对得起“北大人”吗？可以说，这种北大情结，已经成为我生命成长的最大动力！

当我拿出印有北大徽标的名片时，我知道这不仅是荣誉，更多的是一种担当，不仅是对个人的担当，而是对这所学校的担当，对一百多年来造就这所学校的一代代人的担当。李大钊先生说过：“铁肩担道义，妙手著文章。”意思是说：要担道义，必须要有铁肩，先把自己的铁肩铸造好；要著好文章，就要练就妙手，既要有文思，又要有文采。

前两天，姚洋教授在北大国家发展研究院毕业典礼演讲的题目是“自尊是成就伟大的起点”。他说：“北大人用笔唤醒国人，用言 行感染周边的同路人，用行动改变现状，在必要的时候，甚至用生命去捍卫真理。这就是北大能够引领中国的原因！”读完这段文字，让人热血沸腾，这就是北大精神，无论风吹雨打，无论出现任何政治的、经济的洗礼与冲刷，都不会把北大人这种深植于内心的精神磨灭，它就像春天里的竹笋，总是会找到破土的机会。

在同一个现场，刘震云说：“一代代北大人虽然所处的时代不同，高矮胖瘦不同，但是有一点是相同的，他们是民族的先驱者。什么叫先驱者呢？当几万万同胞还生活在当下的时候，他们在思考这个民族的未来，为了自己的理想，以至是不切实际的理想，他们甚至贡献了自己宝贵的生命。黑暗中没有火炬，我只有燃烧自己，我以我血荐轩辕，哪怕他知道几万万同胞会蘸着他的血来吃馒头，这是我们北大的慈悲。”

所以，我看到你们，就为你们在北大遇到了冯科教授这样的老师而感到高兴，能够在他的旗下学习，的确是一件非常荣幸的事。我跟他接触已经有三年多了，在他身上体现出的那股北大人的人文精神，那种对学问的用心和对学生的用心，让我感动。从他每年的备课中，就可以看到他的用心。现在很少有人这样备课了，我就几乎没有看到过用毛笔备课的。毛笔备课，意味着什么？那是专注，练修为，就像和尚在庙里扫树叶一样，一年要写十几万字。

我曾经在丫山国际志愿者村的道源书院，看他写《心经》(不是抄)，一个半小时，站着一口气写下来，没有一个错字。现在潜心做学问的人不多了，用心来对学生好的人也不多。因为整个社会风气是急功近利的、是浮躁的，而他却能够独善其身，的确不容易，这是让我非常感动并受到鼓舞的一件事情。北大之所以能够引领中国思想一百多年，是由这样一批批有信念的北大人支撑起来的。

你们即将走向社会，将面临全新的环境，会经历现在无法预想的魔考。我相信你们从冯科教授身上学到的不仅仅是知识，知识会被忘记，而且知识也会被更新，但是在他身上体现出的那种勇于担当的精神，是值得永远珍藏的财富，不管外面的风有多急、雨有多大，只要想到北大的期许，想到我是北大人，心里就一定会充满战胜一切困难的力量。

所以，当还有人在说，现在的大学正在培养“精致的利己主义者”时，我们是不是应该站出来，实现一种超越？六年多来，我创办的北大公益讲座，就想告诉这个世界，有这样一群北京大学公益讲座的志愿者，他们以自己的微薄之力，践行着利他主义，他们什么都不为，完全利他，而且从利他的过程中，找到成就自我的方式。在人类的发展史上，但凡能够留下来的东西，一定是对人有帮助的。正如能流传下来的药方，一定是治愈过很多人的良方。我们只要努力去做对人有帮助的事，就好了。

一个人如果利己，或许能成功，但只有利他，才能有成就。所以，北大人的成就自己，一定是与为母校增光添彩连在一起的，是与推动这个国家的文明进步发展连在一起的。当我们用自己的做到，证明自己对北大信念的坚信与坚守时，就可以自豪地说：我们无愧于“北大人”这个称号！

每一个北大人身上的担子，不会因为你的毕业就消失了。恰恰相反，当你毕业了，走出校门了，当你说：我的骨血里已经植入了北大的基因的时候，当你说：我是从北大毕业的时候，那是一份多么沉重的担当啊！今后，当你还没有把自己的能力、聪明智慧发挥到极致的时候，你们可能都不好意思说“我是北大人！”，因为这句话是一个很重的砝码，教与学天平上的砝码。在这个天平的一边，老师已经很重，所以，你必须让自己生命品质也有重量，否则，天平就平衡不了。至于如何才能实现这个平衡，当然是自己的事了。但做到平衡还只是基本的要求。古人说：“见与师齐，减师半德；见过于师，方堪传授。”所以，我们要立志实现“青出于蓝而胜于蓝”，这也是北京大学对每一位北大学子的殷殷期许！

虽然毕业证只能证明过去，但它也预示着未来。成为北大人，这是人生最大的机遇，这是非常难得的一件事。接下来的人生道路，只有靠自己了，只有靠自己重视北大人的意义和责任，然后用自己的生命去证明：我无愧为北大人。

相信有一天，我们每位与北大有缘的人，会在某一个春天，化作一滴自信的春雨，融入未名湖，让滋养过我们的这片“海洋”，因为我们而更圣洁、更博大、更高雅、更充满灵气。

谢谢大家。

做一个真正的北大人*

从 2016 年的毕业季开始，这是我第三次来参加这样的仪式，每次和即将毕业的北大学子们在一起，都有一种特别的庄严感。因为，在这个星球上，凡是能够与北京大学搭上联系的生命，都是最幸福的人。我听说，清华大学的特点是：不一样的人进去之后，出来的都一样了；而北京大学的特点是：一样的人进来之后，出去都不一样了。

今天，从大家脸上，我又一次看到北大的魅力：在你们身上，表现出相同的自信和不同的个性，是如此自然地融合在一起，这是自由精神培育的花朵。我清晰地感受到：北京大学的精神，已经植入你们的血液，融进你们的骨髓。而这种精神的滋养，给大家带来的强健人格，是足以受用终生的，而且完全可以传承给你们的后代（至少是两代吧）。总有一天，有人会自豪地对 TA 身边的人说："我爷爷（我奶奶）是北大人。"那一刻，你们所看到的，不是自己曾经有多么了不起，而是北京大学真的很牛。

中国人民大学校长刘伟，曾经是我们北大经济学院的院长、北京大学的常务副校长。在 2018 年人大毕业典礼的演讲中，对学生们提出了三个期许，一共六个字。第一个是："学好"；第二个是："守拙"；第三个是"不怕"。听起来，好像是对小学生讲的，但其实这六个字意义深远。我看过之后，非常感动，甚至，想着想着，眼角都湿湿的。

---

* 本文是 2018 年 7 月 11 日作者在北京大学经济学院冯科教授所教本科、硕士、博士毕业生谢师宴上的演讲。

这位六十一岁的长者，九岁就经历了“文化大革命”；十六岁上山下乡，去到黑龙江当知青；1977 年，二十岁考上北京大学；20 世纪 90 年代成为中国经济学界赫赫有名的“京城四少”之首。今天，过了耳顺之年，面对二十多岁的孩子，居然要用这六个字作为毕业嘱咐，说明什么？说明在社会转型还没有达到稳定平和的时代，“学好”不容易，“守拙”也很难。我查了资料，二百六十字的《心经》与二百六十二字的《心经》的不同是这一句：“无有恐怖，远离一切颠倒梦想”，后者多了两个字：“一切”。

无论如何，学校与社会还是有区别的。在学校，学生以学习为主，老师对学生的呵护是职业的要求，而毕业之后，走上社会，没有人欠你，帮助你，是缘分；不帮助你，是本分。你要用你的知识、才能，尤其是卓越有成效的业绩，证明你可以贡献剩余价值，而在这样的市场交换中，你可以找到自信和自强的同时，人生的底线，也会时常受到挑战，因为“囚徒困境”告诉我们：忠诚并不能保证你在所有博弈中获胜，而背叛往往可以获得利益最大化。“学好”的难处正在于此，不是我们不想，而是现实的诱惑和压力，比我们想象的要大得多。

抱着“以天下为己任”的情怀，你们毕业了，开始走向社会，终于到了要印证自己与社会究竟有多大融合度的时候了。尽管我们都知道“两点间直线距离最短。”但是，老师从来没有对我们说：“两点间直线最快。”守拙，还是走捷径，这不是一个数学问题，也不是一个哲学问题，是选择的问题。西方有一句名言：“你要真实吗？那么，你去观察；你要价值吗？那么，你去选择。”

如果北大人不是以自己的“三观”为立足点，在纷繁的世界中，选择有价值的生活和人生，我们又何以去要求广大的工人和农民，把开创未来自立于世界民族之林的文化自信寄托于——“中国人文精神的最高殿堂”——北京大学呢？从这个意义上说，“拙”是一种格局，也是一种智慧。因为在北大的历史上能长久留下英名的人，都不是“精致的利己主义者”，“守拙”而不投机取巧的人，是因为他们的心中有家国情怀以及健全的人格。

毕业以后，大家所遇到的问题，不是黑板上的问题，也不是书本上的问题。面对这些现实的问题，真正有用的，或许不是知识，而是一种情怀和与人交往的能力，这些最终会决定你们与什么人在一起，然后决定你们的人生，能够到达一个什么样的高度。当你们顶着北京大学的光环的时候，诱惑一定会很多，因为你们身上有很多的人脉资源，包括你们师从冯科教授这样背后有着巨大资源的导师，还有同门校友，各种诱惑都会来，你还能不能“学好”，不去做因一己之利而透支自己的信用的事？而是让个人的信用和信誉，随着年龄的增长而增长，宁可“守拙”也不急于一夜暴发、一步登天，而是愿意脚踏实地、享受成长路上历练的喜悦；在波涛汹涌的红尘中，要恪守北大的信念，砥砺前行，注定是一件不容易的事，经历了许多人事之后，最后你们会知道什么叫“不怕”。美国总统罗斯福提出的四大自由之一“免于恐惧的自由”，就是一半来自社会，一半来自自己。因为，头上三尺有神明，自己才是自己真正的保护神。

当你从北大走向社会之后，你所面对的世界，不再是课堂上的那个样子，当然，北大的这个世界，也是大世界的一部分，也是真实的。但是，外面的大世界却是更加多元的，会有很多你想象不到的东西，或许是预想不到的困难，它一直在考验你，是一种魔考，考你是不是真正的北大人。通过一系列的魔考，老天爷最后会决定你是真的北大人，还是假的北大人，是不是真正传承了北大的精神，传承了多少。即便你是一个卖猪肉的，你镜片后面的眼睛里放出的光，就跟一般的卖猪肉的人不一样；如果你是亿万富翁，你站在台上的言谈举止就和暴发户不一样，这是让我们作为北大人的幸福所在，因为我们在这样的氛围中熏陶过。

北大让我们得到了什么？不仅仅是知识，知识都要淘汰，我们得到的是植入灵魂的气质，这种气质展现出的北大人的风貌，不用看简历就知道。因为北大人张口说话所表现出的底气，所形成的气场，对生活的理解、对世界的观察，对人生的态度，必定是与众不同的。即便是在最困难的时候，在大家都选择苟且的时候，北大人在甘于平凡中，还是不会忘记诗与远方。哇，这就是北大人！

刘伟校长的“六字期许”，其内在的精神和所表达的一种人生的定力，不是几句话可以说清楚的，相信这“六字期许”，能对大家未来的生活产生重要的影响。或许在你们毕业五年、十年后，才会了解我当下的这种感受。

借此机会，我也送给大家八个字，前面四个字叫“恪守独立”，后面四个字叫“摇曳自由”。我本来想把这八个字刻在我的出生地，福建老家芹洋志愿者村的石崖上，每个字五米见方，会成为一个景点，为此，今年 5 月我还去实地勘查过。我想，这八个字将是我留给这个世界的礼物，至于刻在哪里，现在还不知道。

“恪守独立，摇曳自由”，是我对北大精神的理解，也是我在北大熏陶了十几年的思想结晶。2003 年，我受聘北大历史与文化资源研究所副所长，2005 年创办北大产业与文化研究所。2011 年创办关乎生命品质的公益讲座，已经走过七年多的岁月。

我与刘伟是同年出生的，他是黑龙江的知青，我是江西的知青。到了我们这个年纪的人都知道：“恪守独立”，好难。特别是中国的知识分子要“恪守独立”，更是一件不容易的事情。“独立之精神”的前面是形容词后面是名词，而“恪守”是动词，能做到“恪守独立”，不放弃自己的理想和追求，是需要勇气和实力的。“恪守独立”还不够，还要能够“摇曳自由”，这需要智慧。

有的人为“恪守独立”，而失去了心灵自由、财务自由和时间自由，于是没有办法施展自己的才华。鱼和熊掌，我们都要！不仅要恪守独立，还要摇曳自由，是不是很难？不难的事，北大人从来都不屑去做。能不能做得到？竹子就做到了。这八个字的灵感来自我对竹子的观察，也表达了我对竹子精神的崇尚。你们看，竹子是不开杈的，恪守独立，一杆冲天，同时，它还能摇曳自由，风来了，它可以顺从，风停了，它又回归自我，而且是应对八面来风。竹子不是墙头草。墙头草是风吹两头倒，倒过去了，就回不来。竹子有着自己的定力和原则。

人生很短暂。当我们在离开这个世界的时候，对照“恪守独立，摇曳自由”这八个字，心中是否坦然，这是一件回避不了的事。那个时候，我们不会计算这辈子挣了多少钱，当过多大官，因为那些已经过去。我们只会问自己：独立过吗？自由过吗？

今天，对你们来说，既是一个圆满的结束，也是一个伟大的开始。我特意给大家带来一份礼物，是我的新书《恪守初心》。这本书的序言，是去年的这个场合，我给上一届的毕业生的寄语，题目是《北大，我们共同的承担》。我们先把自己承担起来，然后共同承担起北大的荣誉，继而用毕生的做到，让北大的精神永远传承下去。一年过得很快，今天我以这本书作为媒介，把当时的期许，作为礼物送给大家，祝大家好运！

谢谢！

传承北大基因 *

告诉大家一个人生的秘密：如果你想不老的话，就跟年轻人在一起。在此，我非常感谢冯科老师每年都给我这样一个机会：和北京大学年轻的本、硕、博毕业生们在一起。

我曾经也跟你们一样，二十多岁的时候，看一个六十岁的人，哇，六十岁！好遥远呀，人生的路，还很长！现在，我已经六十二岁了，看到你们，我真切地感受到：时光荏苒，人生真的好短。

其实，不论是觉得未来很遥远、生命之路很漫长也好，还是觉得时间过得很快、生命很短暂也好，我们来到这个世界，有三件事情，一定是要自己来做的。

第一件事情，就是找到自我的“存在感”。只要我们还身处这个星球，就应该了解自己很渺小。但是，只要你还能站在这个地面上，你就不要忘记自己是有重量的——无论你如何减肥，你都是一个有重量的生命。这就是我们要找的那个只来一次的存在感：这一次既然已经好好地来了，就要真正为自己活一把。

看到大家充满希望的笑容，我为你们感到高兴：以北京大学的学士、硕士、博士名义的存在感，何其了得！因为北京大学的传统，是你们身上非常重要的文化基因，拥有这样的基因，以北大人的名义，存在于这个星球上，这对于你们的一生，具有非常重要的意义。

第二件事情，就是我们要找“认同感”。其实严格地说，存在感

---

* 本文是 2019 年 7 月 2 日作者在北京大学冯科教授所教本科、硕士、博士生毕业谢师宴上的演讲。

就是对自我的认同感。而这里讲的认同感，是指自我与他人，自我与社会的相互认同，这件事之所以很重要，是因为人是群居动物，自我的存在感需要通过外部的认同感显现出来。

一个人能不能活得幸福快乐，就在于能不能得到外部世界的认同，以及对身边的人和事的认同。认同不是盲目跟风，不是求缘攀缘，不是卑躬屈膝，不是随波逐流，不是人云亦云，不是同流合污，更不是助纣为虐，而是互动中坚守原则的同一。所谓“道不同不相为谋”，就是这个意思，不是对错是非。

刚才冯科老师说：要直面人生，要坚守高贵，要珍惜羽毛，要尊重爱情和友谊。那么，我们为什么会珍惜爱情？因为你认同 TA，TA 也认同你，这个爱情就产生了火花，这个机缘因为是高度认同，所以很难得，值得去珍惜，而且必须去珍惜。

当大家走向社会，社会和他人能不能认同你，你能不能认同身边的人，并认同所处的社会环境？是需要大家通过实践去完成的第二件事情。

第三件事情，就是确立“归宿感”。大家之所以在这个当下，能够如此地开心，感受无比快乐，对人生的未来充满信心，是因为知道自己即将要到哪里去。我们头顶着“北京大学”这个光环，这辈子最终要到哪里去呢？最终的人生目标究竟是什么？可能有人说：人生本来就没有意义啦，还要什么目标呢？是的，人生确实没有意义，但是，正是因为人生没有意义，所以给了我们一次机会，可以去寻找那个意义！如果人生的意义，都被上帝规范了，学校都教给我们了，那我们就失去一个寻找意义的机会。所以，“人生本来没有意义”这句话的潜台词是：老天爷赋予我们每个人拥有去找到那个意义的权利。而且，我们是以北大人的名义去寻找那个意义，这件事儿可真是了不起。

为什么这么说？道理很简单，在十四亿人当中，能够以北大人的身份去找人生意义的人，很有限！这样的机会实在太少。面对生命的这样一个馈赠，珍惜自己的存在感，就显得非常重要。

我们的归宿感是什么呢？当我们要告别这个世界的时候，回眸北大，再一次想起冯科老师谆谆教导的时候：这一次人生经历，究竟意味着什么？你的答案（即你的归宿感），自然包含着你对这个世界的认知和理解，这本身就是一件很有意义的事情！

刚才，冯科老师也提到，作为一个北大人，永远都不要忘记仰望星空。的确，生活不能仅仅是一种苟且，尽管生活可能会让你不得不苟且，但是，我们永远不要忘记诗与远方。

今天，给各位送上我的最新诗词集《未名湖印象》。冯科老师为这本诗集题写了书名，你们看到他的字，会感到很亲切，而我对他更是心存感激：感谢冯科老师多年来给予我本人和北大公益讲座的支持！

这些关于未名湖的诗，其实是我这样一个六十二岁的人，对你们这些二十多岁青年人的期许：希望你们永远不要忘记诗与远方。全部的理由只有一个：因为你们已经成为北大的一分子，身上已经有了北大的文化基因，而这正是你们安身立命和创造人生辉煌的根本。

守住了这个根本，你们就会对所有的荣华富贵，对所有的困难挫折，对所有的艰辛和困苦，保持清醒，淡然处之。无论你站立在这个地球的任何地方，都应该保持觉知：你是有重量的！是的，尽管我们很渺小，但我们的存在感、认同感和最后的归宿感，将决定我们这一次生命的意义，下次还要不要再来，谁也不知道；如果真有来生，也一定是这次生命的因果相续。

存在感、认同感和归宿感，在三个维度上定义了我们人生的意义，从这三个维度再扩展，将彰显我们生命的“体积”。如果用更通俗的物理学来解释人生的意义，那么存在感、认同感和归宿感，实际上就是物理学的力的三要素。存在感就是那个作用点，归宿感就是你的方向，最后，认同感体现的就是力的大小，它反映的是你这辈子究竟能爆发出多大的能量。所以，真理都是相通的。

有了北京大学所赋予的以上品质，把这些文化基因作为我们在感的最重要基石，作为我们获得认同感的试金石，作为我们归宿感的指南针，相信未来你们的人生一定会很精彩：不一定要多么富贵，不一定要当多大的官，在任何时候任何地方都能很精彩。你说话的时候，你做事的时候，你往麦克风前一站，在会议室的椅子上一坐，你眼睛里闪烁出来的都是北大的光芒，这是一般人很难做到的，因为你们在未名湖畔熏陶过，抚摸过岸边的垂柳，听过一批大师们的课……而只是看看微信，通过那些远程教育，获得一种精神文化上的认同，是很有限的。因为，刻骨铭心的教育，一定是一种场景，一种氛围，而且需要一定时间的浸润和滋养。

我注意到，刚才冯科老师还讲到了一点就是，家国情怀是北京大学的精神。在恪守良知的前提下，要勇于建言献策，不应该忧谗畏讥而放弃对社会的见解，即便有重重压力，宁可保持沉默，也不能助纣为虐。而世俗意义上的失败和平庸，我们不视之为耻辱，相反，穿越底线的富贵则是可耻的。尤其提到，同门弟子之间要互相鼓励，互相帮助，抱团取暖，这些谆谆教导，将会让你们受用终生。

北京大学公益讲座志愿者的第一条理念是：让每一个接受过我们服务的生命，光明圆融善。我相信你们的未来一定是光明的。明天的太阳将如约升起，但浮云蔽日也在所难免；未来每一次的日落，都是夕阳与我们作短暂的告别，无需恐惧，无论如何，我们的心中永远都应该充满光明，因为我们是北大人，我们的身上承载着北京大学的文化基因。

祝福大家，谢谢你们，谢谢冯科老师。

后 记

“幸福有两个要素：一是肉体所经历事件的丰富性，二是心灵对肉体所经历事件的敏感性。”这话是汪丁丁说的。

2018 年 9 月 28 日，我被初诊为“强直性脊柱炎”（后来在北京协和医院确诊为“特发性弥漫性骨肥厚症”），这病在民间被称为“死不了，治不好”的常见病。为此，想了两天，知道自己得上这病，今后凡需拼体力的事，是不能做了，就以写作作为后半生的消遣吧。

9 月 30 日，我开始动笔写这本《回家路上》，并于 10 月 1 日在我的朋友圈开始连载。

我曾经为《乔家大院》和《大明王朝 1566》两部电视剧写过评论文章。前者，以“乔家大院启示录”为题，写了三十篇一千多字的文章，连载在《管理学家》杂志上，后来正式出版时，责任编辑拟了个书名：《乔致庸的经济学》；后者，以“一个王朝的投影”为题，写了二十五篇四千多字的文章，在博客上连载。后来首版时，书名定为《王朝投影》，十年后再版时，更名为《明朝的三角困局》。

我一直认为：参照一部作品写延伸文章，按图索骥，随意发挥，写起来会比较方便。当然，这是偷懒的办法，只适合于我。

就这样，我以全新的姿态重读汪丁丁在二十年前出版的《回家的路》。每每读来，感觉字字珠玑，篇篇都能触动我的灵感，让我越写越带劲，欲罢不能。

2018年10月10日，我接受肠镜检查，意外地发现，居然得了直肠癌，必须切除，并且要做化疗。知道一旦动了手术，写作就不方便了，于是，我加快速度，在手术前的10月16日晚上，完成了计划六十篇中的三十四篇随笔（每篇约一千五百字），平均一天两篇。

手术非常成功。10月20日开始，我在病床上用手机继续写作，速度是两天完成一篇。出院后，做了两个疗程化疗，一直到12月7日，终于完成了这本书，并在朋友圈连续不断连载了六十八期。

在这不平凡的六十八天里，我除了写书，还看完了《纸牌屋》和《权力的游戏》两部美国电视连续剧，总算没有掉入对癌症的“恐惧陷阱”。尽管我身边的人，并非都能理解我以这样的方式，打发在病床上的时间。但我自己很清楚：如果大脑不想这些，总会去想其他。我的功力，还不足以让我能够完全静下来，什么都不想。或许“完全放下”，对身体会有更大的好处，而我却只能做次优选择：必须让自己尽量不去想“身患癌症”这件事。

在化疗的第二个疗程期间，写作进入最后的十篇，因为身体反应比较大，所以写得非常痛苦。如果当时只写了一半，恐怕很难坚持。正因为已经看到胜利的曙光，我咬紧牙关，硬挺了下来，终于如愿以偿。

六十八天写成一本书，是为不易。当我为了摆脱病痛的缠绕，决定以写作来分散注意力的时候，发现思路居然还算敏捷，真是令人欣慰。当然，这也得助于我所写的内容，都是这八年多来的“反复所想”和“坚持去做”。

再看一遍即将付梓的文字，不敢想象，若是当时不写，现在恐怕也写不出来了；即便写出来，也可能是另一个样子。因为，这六十八天的非常时期，其实，是我与命运在抗争，与死神在较劲儿。

这其间，我的肉体经历的确足够丰富，而心灵对肉体的所有经历也一直保持着高度的敏感。因此，这不平凡的六十八天，对于我来说，是幸福的——可以思，可以想，而且还可以把这些“思”与“想”记录下来。人生的幸福，莫过于此。

感谢我的家人和亲朋好友，在我的生命处于最困难的时候，悉心照顾，并给予无限的支持和理解；更要感谢白衣天使，在我身上留下了真心的爱和精湛的医术。

这八年来，在北京大学公益讲座的课程中，我经常说：“像我这样的人，不做公益，天理难容，因为这辈子得到的太多。”最近，一位也在从事公益事业的医生对我说：“如果你不延年益寿，天理难容。”这话我爱听。

是为后记。

2019年4月2日于望京诚盈中心北京慧至堂